旧家遗事

——我的四个母亲

耿　天　著

团结出版社

图书在版编目（ＣＩＰ）数据

旧家遗事：我的四个母亲 / 耿天著. -- 北京 ：团结出版社，2013.3
ISBN 978-7-5126-1647-9

Ⅰ．①旧… Ⅱ．①耿… Ⅲ．①回忆录－作品集－中国－当代 Ⅳ．①I251

中国版本图书馆 CIP 数据核字(2013)第 041584 号

出　版：团结出版社
　　　　（北京市东城区东皇城根南街 84 号　邮编：100006）
电　话：（010）65228880　65244790　（出版社）
　　　　（010）65238766　85113874　65133603（发行部）
　　　　（010）65133603（邮购）
网　址：http://www.tjpress.com
E-mail：65244790@163.com（出版社）
　　　　fx65133603@163.com（发行部邮购）
经　销：全国新华书店
印　装：三河市东方印刷有限公司

开　本：170X240 毫米　　　1/16
印　张：12
字　数：114 千字
印　数：2500
版　次：2013 年 5 月　第 1 版
印　次：2013 年 5 月　第 1 次印刷

书　号：978-7-5126-1647-9/I・761
定　价：28.00 元

目 录

序

一夫多妻乃旧中国封建制度的陋习，也是封建礼教戕害妇女的桎梏。这种畸形的婚姻、扭曲的爱情，以及由此造成的不幸，成为那个时代此类家庭的疮痍。官宦豪门或富商巨贾，往往以妻妾满堂作为门庭显赫、附庸风雅的饰物。殊不知，其间已埋下了家门衰败的诱因，贻患无穷。举凡此类旧式家庭，极少能摆脱"靡不有初，鲜克有终"的厄运，并会敷演许多令人扼腕的悲剧。

不幸，二十世纪三四十年代，吾辈手足正是生长在这样一个泥淖中的家庭。在我的童年和少年时光里，那种窒息和纷扰的家庭氛围，灼伤了我们幼小的心灵。我常会问我自己：父亲是我的吗？这个家是我的吗？我可怜的妈妈整日处于何等的境地？我的心中充满了惶惑。

1947年的暑假，刚上初中的我，偶然看到了巴金先生的《家》、《春》、《秋》。我顿感自己找到了精神慰藉，感到春风拂面。我从觉民和觉慧的无奈和抗争中似乎汲取了某种力量。我同样愤恨我的那个家，我默默地诅咒它的灭亡。我暗自把觉慧和觉民视为自己的先驱者，并以那个叛逆者觉慧自况。然而，我确实太弱小了，我无力抵御那个无形罗网的吞噬。我只能眼睁睁地看着母亲以泪洗面，只能懵懂地在命运的蟒隙中生长。后来，我知道，不仅我的同母手足遭此煎熬和不幸，就连年纪尚幼的异母弟妹们，也在这种困惑中生长。直到二十世纪五十年代，我们陆续离家独立生活，才得以逃脱这个樊笼。应该说，社会的变迁和进步，才使我们这些人走进新生活，步入新时代。

如今，回眸往事前尘，不胜沧桑，自有隔世之感；但雪泥鸿爪，历历在目。唏嘘之中，感悟到人生的飘忽与禅机。昨天的事，固然陈旧，但拾掇起来，亦可留给今人以启迪和思考。

先父于二十世纪初叶，负笈东渡日本留学，回国后在旧东北军阀机构供职，年轻得志；后又涉足商界，猎获一份可观的产业。

父亲一生远离嫖赌，也从未染指鸦片之类恶习。但他缱绻闺帏，耽于胭脂。他年轻时英俊尔雅，风流倜傥，颇得某些女性的倾慕。于是，因缘际会，就出现了四个妻子筑巢于一室的家庭结构。四个身世、性情、素养迥异的女人，共栖于一个屋檐下，就难免滋生出种种龃龉和不快，也就意味着酿成了四场失败的婚姻。如果说父亲一生中最大的谬误，恐怕非婚姻莫属。这也许是他一生中悲剧的核心因素。

父亲的妻子除了我母亲（正室）外，还有东屋妈（日本人）、西屋姨和南屋姨。——她们或长或短、或多或少地在我家的历史上留下了自己的印记。

二十世纪四十年代，父亲赋闲蛰居北平时，曾自命斋号为"怡竹馆"，并分别给四位妻子拟取雅号：我母亲——肃德，东屋妈——博仁，给西屋姨和南屋姨的取名，则不那么刻板。这些雅号芳名针对各人的性情、素养，各异其趣，别有内涵，是颇有一点寓意的。

我母亲、东屋妈和西屋妈已先后于上世纪五十年代、八十年代和九十年代作古。

如今，追忆往事，对于自己的母亲，固然深怀敬仰和感恩之情，对于那三位母亲也毫无怨愤和偏见；因为，我懂得她们也是封建制度的受害者，也是旧社会把她们吞进了那个悲情的家庭模式。我对她们同样寄以怀念和悲悯之情。

事隔几十年，现在我诉诸笔墨，援笔成文，回溯故人旧事，无非是为了告诉子孙和世人，从前曾经有过这样的婚姻和这样的家庭，还有曾经刻在那一代年轻人心中难以熨平的烙印。

随着历史的变迁，社会的进步，那些禁锢妇女的枷锁和坟墓，早已不复存在。请不要以为作者只是在这里喋喋不休地讲述几个凄美的故事。其实，祭奠和警世，才是作者的初衷和原旨。

是为序。

作者

2012 年 6 月

北方人家

　　清朝末年，我的曾祖父为避灾荒，从山东潍县（今潍坊市），徙至奉天（今沈阳市）落脚定居。凭着年轻力壮和山东人特有的吃苦耐劳，他居然小有成就，开设了店铺，营造了一份家业，娶妻生子，建立家庭，过上殷实的日子。

　　祖父耿桂林，字西园，以字行，生于 1875 年。在我们的记忆中，祖父是一位身材魁梧，相貌堂堂，天庭饱满、地阁方圆的北方老头，性情豁达，善与人处。他胸中墨水不多，少时热衷习武，结交一些使拳弄棒之人。我和哥哥七八岁时，祖父曾邀聘一位温姓年轻女孩，到家里的葡萄架下教我们打拳。她身轻如

祖父，耿西园氏，摄于 1945 年。

燕，矫健洒脱，一招一式，皆中规中矩。她每次来，家里人常驻足观看、啧啧称赞。

祖父乐善好施，心宅仁厚，对贫弱者常慷慨解囊，暗自相助。家里后院有一角门，角门外面有若干房屋出租给一些人家。每当腊月岁末，遣人去收房租。有的住户因入不敷出，经济拮据，拿不出钱，恳求拖欠缓交。他听后正色地说："咳，不交就不交吧，以后再说，谁都有困难的时候。人同此心，心同此理啊。"有的人家死去亲属，没钱丧葬，告借无门。他听说后，悲天悯人，常常出钱资助，让其家人买副棺材，入土为安。

我们小时候，祖父母房中墙上有个长方形的信件盒子，里面经常插着许多亲朋或社会人士寄来的信函和婚丧嫁娶之类的请柬。其中，最多的要属婚庆的请帖。大红的帖子上，封面大都印着赫然入目的"龙凤呈祥"的金字，内页则为"兹定于某年某月某日吉时，假座××饭店举行婚礼，敬请光临"之类的内容。对方往往力邀祖父充当证婚人，以他的莅临来壮声色，增添点花絮。这和他曾一度当过奉天市工商联合会副会长不无关系。这也和他憨憨厚厚，不聋不哑、不能当阿翁的处世哲学有关。

一个夏天的清晨，祖父心血来潮，突然想亲自去大东门外的菜市场买菜，带着两个孙子——哥哥和我同行。他身穿长衫马褂，头戴"帽头"，一副老绅士装束，登上了"摩电"（有轨电车）。上车甫定，车即开动。女乘务员一会儿用英语喊 all right（好了，开车），一会儿喊 stop（到站，停车）。突然，车厢里响起一阵噌噌噌的声音，而且随着"摩电"的疾驶，这种刺耳的声浪愈演愈烈，响个不停。乘客们面面相觑，大惊失色，以为发生了什么紧急事故。司机慌忙刹车停驶，而噌噌噌之声仍不绝于耳。女乘务员循声四处查寻，查到祖父站立的地方，却哑然失笑，大声斥责："你这个老爷子，脚底下踩上了信号，怎么也不挪挪脚啊？真急死人了！"原来当时的有轨电车，在车身两端相反的方向都设有驾驶装置，到了终点不用掉头，即可开车行驶。祖父上车，站在司机的位置，一脚踩在噌噌响的装置上（犹如汽车上的喇叭），对噌噌的声响却充耳不闻，安之若素。直到这时，他才恍然大悟，捻须大笑。此事遂成家中流传许久的笑料。这也难怪，平日里他除了习惯于步行，就是坐小汽车，对于"摩电"和巴士从不问津，当然也就一窍不通了。

在幼时记忆中，祖父是一位宽厚长者。祖父六十五岁华诞，家里热闹非凡，搭棚设灶，宾客如云。虽然日伪统治下，物资匮乏，生活困窘，酒席桌上的菜肴已大打折扣，颇为逊色，但人们还是不愿放弃这个饕餮的机会，略备贺仪，则可大开朵颐。客厅四壁上挂着当时文人墨客题写的字画，如白永贞写的"鹤鹿同春"、"芝兰君子性，松柏古人心"之类。时为奉天相声泰斗的白银耳说的相声，赢得满堂喝彩。和别的客人送的"寿桃"不同，一位世交晚辈，神采奕奕地捧来一大瓷盘，装着硕大匀整、刚从树上摘下来的鲜桃。此举花钱不多，却别出心裁，切中祝寿主题，立刻引起众人的瞩目和赞赏。

那天，哥哥和我照样去上学，等我们回家，祝寿活动已近尾声，即将曲终人散。哥哥没放下书包，就飞奔到祝寿会场，举着一把短梳子送给爷爷，说是孝敬爷爷的生日礼物。一片欢笑声中，"寿星老人"连忙用这把梳胡须的小梳子，往自己的下颏梳了几下，甚至连上面的尘土都没顾上擦去。这给善于奉承的女宾们增添了赞词："老太爷真有福气，这么早就得了大孙子的济了。"殊不知，这把小梳子是哥哥方才在回家的路上无意中捡来的。

祖父为人淳厚，没见他动过怒，也没见他施过什么家法。他无所作为，对国事家政无动于衷。家庭出现什么龃龉之事，他以不与闻问的中庸之道，听之任之，息事宁人。

我们一直把祖父当做一位既隔代又隔膜的封建家长，敬而远之，没有思想沟通和亲近的感情。他始终不懂得损害别人，这是他袒露给世人的本相。

祖母耿祝氏，是封建时代旧家庭常见的那种安分守己、循规蹈矩而又乏善可陈的老式妇人。在儿女和晚辈的眼中，则是一个不苟言笑、行事刻板的老太太。她年轻时吃过苦，居于狭小的生活圈子。但后来，家道日隆，人兴财旺，她都能收放自如，以清静无为应对日益纷繁的家事。身为婆婆，她以不露声色的矜持和中庸之道，从一个侧面制衡了这个家庭的"安稳"。

据说，清季义和团运动风起云涌，由山东、华北波及到奉天

（沈阳）时，风闻爷爷奶奶曾去过两次教堂，有些拳民便盲动地纵火烧毁了祖父经营的一家商店和几间房子，致使家庭生活逆转。又得重整旗鼓、振兴家业，又须抚养儿女，他们两位是付出了不少辛苦的。

勤俭遗风，即便后来家势日盛，被人视为富贵人家，在祖父母那里，也未完全置诸脑后。我们小时，亲眼看到奶奶扎着土布围裙，按照时令，积酸菜，腌雪里蕻，酿制一大缸一大缸的东北大酱。虽有帮手，但她的辛劳和经济之道，并不逊色于普通的家庭妇女。家里有些人在外面灯红酒绿，她无法制止，她只是习惯于维持自己俭朴的生活方式。日伪统治时期，喝牛奶成为一般人鲜见而不可企及的事情。她喝一杯由罐头炼乳沏成的牛奶，总是珍惜地说："这东西，真有营养啊。"喝一碗人参汤，她会连声说"鲜汤，鲜汤"。家里女眷们梳头、洗脸，雪花膏，花露水，这个霜、那个脂，早已习以为常；而奶奶屋里的洗脸盆旁，有时还是那种老式的"粗制胰子"（肥皂）。

虽然，奶奶间或会不经意地说出"主啊，耶稣，阿门"这类的基督语言，我们小时候也见过袖珍的、印刷和装帧都极讲究的《圣经》之类的书，但我家是不信教的。家里从不拜神祭灶，也不烧香念佛。尤其父亲是个洋派人物，他是鄙夷一切鬼神和迷信的。

奶奶有时也会露出一点笑容。我9岁那年，为了显示自己已是个男子汉，有足够的力气，竟然把瘦小的奶奶拔地抱起。她带着笑声嗄怪地喊叫："快把我放下！这个孩子！"

我对祖母的记忆只到一九四三年，因为那一年我们随父亲到了北平。大了之后，偶尔想起那位遥远的老太太，心里会有一丝酸楚……

祖父有三个胞妹。

大姑奶，一位严谨执着的妇产医生。在 20 世纪初期，她以新式的接生技术为许多女性、包括贫困的产妇接生，不仅没有收受和积攒多少钱财，反而以慈悲为怀，收养一些孤儿。她去世后，留下身边两个孤儿——小顺姐和洪林，祖父把他们接到我家抚养。后来顺姐出嫁，洪林于二十世纪五十年代初也离家，自谋生活。那时我们太小，无法体验和理解他们那种寄人篱下的苦境和孤寂的心情。

二姑奶，是一位女中翘楚。她于清末（日本明治时代）只身东渡日本留学（学习教育），回到奉天（沈阳）后创办了颇具影响的达生研究所，培养了包括卫生、护理、接生等各方面人才，在当时较为闭塞的奉天，开一代新风，成为一时之盛。一些达官贵人纷至沓来，竞相一睹芳颜，领略这位新女性的风采和业绩。当时她与日本的红十字会和医学博士也有一定交往。可惜，她染病溘然早逝，未及完成她未竟的事业，令人扼腕。

三姑奶，则是另一种人生和命运。她早年就读于天津女子师范学堂，毕业后到北京，在熊希龄（曾任北洋政府总理）创办的香山慈幼院任教。她与燕京大学早期毕业生史先生结婚，遂久居北京，生有三女一男，拥有一个和美而文化氛围浓郁的家庭。大表姑曾为辅仁大学附属幼儿园的资深教师；清高的二表姑是故宫博物院的画师，画得一手精美的工笔画；三表姑是只差几个月即将毕业的辅仁大学学生；表叔则是一位建筑工程师。由于姑爷、两位表姑和表叔先后罹病辞世，大表姑随丈夫去了台湾，姑奶奶的晚境凄凉，其内心的孤苦可想而知。

这三位姑奶奶在她们的那个年代，在年轻的时候，为了摆脱缠绕在自己身上的旧式妇女的窠臼和注定的命运模式，做了勇敢的探索和努力。尽管由于各种原因，她们的开拓和进取精神，没有完全获得相应的结果，但应该说，她们的足迹对后代的我们，却产生一种隐约的影响。

父亲有一个哥哥和两位姐姐。

伯父耿维业，比父亲年长七岁。他一生飘摇跌宕，始终没有泊靠到岸。他的为人处世，有偏执失衡的一面，也有刚烈仗义的一面，不可一言以蔽之。我对伯父的记忆止于九岁，此后便再也没有见过他。

他年轻时在大医院研习过医术，娴于外科手术。"九·一八"事变后，或许是由于妹夫的缘故，他去新京（长春）当过伪满立法院的院务（总务）处长，以后则长期赋闲在家，经济拮据。

在表面上波澜不惊的家庭漩涡中，他没有承担过什么责任，也没起到长房的作用。除了结发妻子（我们叫大娘），伯父又纳娶一

母亲（左）和大姨（伯父妻），
摄于 20 世纪 30 年代。

位侧室（我们叫大姨）。伯母出身清寒，敏于劳作而讷于言辞。她在家里侍奉公婆，炊爨操劳，堪称好手。逢年过节，家里包饺子，习惯上妯娌媳妇都要上手。她一个人弯腰擀皮，麻利地搓动着擀面杖，一个人抵得上四五个人包饺子的速度，鼻子上微微渗出不易察觉的汗珠。然而，她不懂风花雪月，也不会玲珑八面，因而只能失宠冷落在一旁。大姨则与她迥然不同，巧舌如簧，工于心计，游刃有余地周旋于各色人等之间，博得伯父的欢心，也成了家中的红人。

父亲和伯父之间的失和，由来已久，是家中尽人皆知的事。碍于封建伦常"孝悌"和"兄友弟恭"的老套，只是外敛内厉而已。其渊源恐怕在于两人品格素质的不同和彼此经济状况的差异。弟弟留学归来后，平步青云，财源茂盛；而哥哥赋闲日久，经济紧蹙，相形见绌，只得黯然退避家庭的一隅。虽然大锅饭之外，父亲对伯父时有接济，但对于伯父已属杯水车薪。从一般社会意义来看，父亲在旧时代，有点脱俗、超俗意识，以"超然思不群"自命，以"上等人"自诩。而伯父的行迹，客观地说，则时有流俗之举。

伯父对于我们这屋的孩子并不总是板着一副凛冽的面孔。由于他和大娘只有一个独生女儿，没有男孩，有时他并不掩饰对我们哥仨的喜爱。趁他高兴的时候，我会不请自到地去他屋子里徜徉。我会摸摸那张华贵的白铜大床，伸着头看看镶嵌在床头的扁圆形镜子。墙上有一幅西洋油画——暮色中海岛的一角，突兀的岩石，卷起千堆雪的惊涛；狂风中嘶叫的海鸟，阴森幽暗的云霭，仿佛可以让人嗅到扑面而来的海腥气味。我不知道，那幅装帧在金色边框中的油画，为什么会朦胧地萦回在我心中几十年。那个隐没在乌云密布中的荒岛，为什么会搅动我的心？

伯父屋里有一台当时算是奢侈品的留声机，同时还有不少匣子里装着的胶制密纹的唱片，其中有百代唱片公司灌制的一出出京戏。伯父痴迷于京戏，尤喜马连良深沉浑厚的唱腔，每每随着转动的唱盘，一边用手掌拍腿，一边低声哼唱。那时，京戏之于我们这类幼童，犹如天竺国的梵文，莫名其妙。有一天，他看见我和哥哥站在旁边呆头呆脑，一脸茫然，便教我们唱马连良（饰乔玄乔国老）唱的《甘露寺》，说这段唱腔既好听又好唱。于是我们拿腔作调地颇学了几次，总算佶屈聱牙地背唱了下来。"劝千岁杀字休出口。老臣与主说从头，刘备本是靖王后，汉帝玄孙一脉留……他有个二弟汉寿亭侯，青龙偃月神鬼皆愁……"这段唱词我小时候能毫不费力地唱下来，直至如今，主要词句仍然没有忘掉。

伯父曾给我们讲过他幼时的一起闹剧。胡同里的邻居中有一女巫，以跳大神为业，骗得钱财。平日为居家过日子的普通妇道人家，一朝"神灵"附体，便披头散发，口吐白沫，疯疯癫癫，判若两人。有一次，这个女人又神灵附身，在众人面前撒欢，口中念念有词，一会儿站，一会儿坐，满屋子乱窜。伯父心想既是神仙下凡，必当刀枪不入，具有超凡的功夫，便暗自将家里带来的缭鞋用的锥子，放在龛坛旁边椅子的缝隙中。等到这位女神仙跳腾累了，刚坐下要喘口气时，只听得一声尖叫："哎呀！怎么了？"殷红的鲜血从她的臀部淌了出来。原来，她屁股坐到了锥子上。众人大惊失色，惑疑不解——神仙不是能掐会算吗？怎么会不知道椅子上有锥子？而伯父却在一旁暗笑。

伯父还给我们讲过一个离奇的故事。一个作恶多端的强盗，最后被官府判处死刑。临刑前，被押解到法场，人们闻讯有人要"出大差"，纷纷围拢观看。这个死囚环顾四周，发现自己的母亲也置身于人群之中，战栗着抹泪。他向监斩官提出死前的最后请求——向自己的母亲做最后的诀别。他戴着沉重的手铐脚镣缓步向母亲走去。"妈，我想再吃一口你的奶！"儿子此生最后的要求，母亲能不答应吗？母亲瑟缩地解开上衣的襟扣，袒露出自己的胸脯。儿子没有说一句话，猛然吭哧一口，把母亲的乳头咬了下来；母亲立刻昏厥在地……这个带血的故事，不知是真还是杜撰。我听的时候，惊悸万分，噤若寒蝉，成为我很长时间的梦魇。

小时候，一味地娇惯溺爱，百依百顺，缺乏理性的管教，儿子长大了，成为强盗歹徒。这个因果循环，令这位母亲自食其果，饮恨终生。

伯父病殁于一九四九年。他留给我们的是几片褪色的记忆。

大姑耿维馨，我们从未谋面，只是我们遥远的意念中的一位长辈、一位尊亲。她年轻时就远离父母，寻觅自己的前程。她与留学日本的医学博士谢先生结婚，曾在汉口和陕西开办烜赫一时的长江大药房，没有嫡亲子嗣。在漫长的几十年中，她未曾回故家省亲，只是寄回照片，以慰双亲。所以，我们对她只有概念式的印象。

我们的二姑耿维馥，在这个家庭的女性中是一位卓尔不群的人物，也是物议较多、颇具传奇色彩的人物。

她有一个集毁誉沉浮于一身的人生。

年轻时的二姑就学于大连，日语娴熟，并有相当的知识修养。因缘际会，使她与京畿宛平人赵欣伯氏相识并结为夫妇，成为他的续弦。赵儒雅俊彦，早年苦读诗书，后两人联袂赴日本。赵以论文《刑法过失论》获明治大学法学博士学位，遂蜚声法学界。伪满洲国成立后，他丧失民族气节，曾充任伪奉天市长，伪满立法院院长，尔后因汉奸内部倾轧而失宠，被委派为赴日宪法调查特使，寓居东京；后又回国蛰居北平，虽在当时的伪华北政务委员会（首领

二姑耿维馥（父亲的二姐），20世纪30年代，摄于东京住宅的后花园。

为王揖唐、王克敏、王荫泰等）挂个虚名，但实为坐冷板凳。赵曾喟然说过"平生最怕胖子"之语，此言道出了伪记一族操戈争斗之烈。

我们从未见过这位姑父，只见过他道貌岸然的照片。他离我们很遥远，既陌生又心存芥蒂。

在记忆中，二姑没有回过娘家，几十年疏于往来。

二姑长于父亲两岁，幼时姐弟感情甚笃。父亲赴日本东京留学时，间或前去看望二姐。伪满时期赵氏位居要津，不可一世，父亲则退避三舍，与之疏远而断绝往来，更无任何政治瓜葛。近年，坊间有人著文称父亲之去日留学，与赵氏有某种关系，甚至在东京上学的费用也由赵负担云云，纯系子虚乌有和荒诞无稽之谈。当年父亲是由张作霖时代的东北三省巡阅使公署公派赴日的官费留学生，无需他人同意和提供学费。

二十世纪三十年代，二姑从东京委人或寄来送给父母的灌制留声片，用留声机放给大家听。"爹，妈！您们近来好吗？"她操着一口悦耳的京腔向自己爹妈问候。"您们的二女儿在日本很好，请不必挂念。我远离家乡，不能膝下尽孝，请父母大人原谅……最近我常去东京的医院看牙……。"爷爷奶奶听了，自是感到欣慰。表哥也给他的姥爷姥姥写了一封工整的短信并写来一首稚气十足的打油诗："嘡嘡嘡，六点了，我穿衣起床了；嘡嘡嘡，六点半，我该吃早饭了；嘡嘡嘡，七点了，太阳老高，我该背书包上学了……"这首描述他日常生活的"嘡嘡诗"在姥姥家曾经成为饭后茶余的谈资。

星移斗转。始料不及的是，几十年之后，由于留存在日本东京的巨额财富遗产，二姑成了媒体的新闻人物。饱经沧桑、历经坎坷的二姑，为了家庭，为了国家，以衰老之年，作出了自己最后的贡献。

当然，作为亲弟弟，父亲对耿维馥（赵碧琰）的合法身份和她对东京财产的拥有权，作出了确凿而强有力的证明，为这笔巨大财产的回归，尽了绵薄之力。

1978 年，粉碎"四人帮"之后，东屋妈（日本人）回日本探亲归来，在北京逗留，父亲执意要她看望多年不见的二姐。那天，我陪着已逾七旬的东屋妈，一路寻觅，终于在前门外的鲜鱼口，找到了二姑家。那是"文革"后，他们暂住的栖身之地。屋子虽然不小，却很简陋，几乎没有什么家具。二姑见到我们，惊喜异常，因为这是难得一见的娘家人啊。她兴奋地用日语和东屋妈交谈，以温和的目光端详我这个娘家侄儿，有时还会发出爽朗的笑声。据说，

风姿绰约的晓舫姐（伯父之女）
——惜乎芳年早逝

她和东屋妈少女时代就有过交游。如今两位老妇人重聚，沧桑之感溢于言表。表嫂温文尔雅，慢声细语。表哥听见说话声，从顶棚的睡铺下来，调侃地说："今天刮的什么风，把二兄弟吹来了。"那时国家刚从"文革"的噩梦中醒来，物资尚感匮乏。我把带去的食品、罐头放在桌子上，二姑颔首露出苦涩的微笑。看着眼前的她，我想起看过的她早年雍容华贵的照片，真是不可做同日语了。

谈话中，二姑还拿出为争回巨额财产去东京打官司时，与日本著名律师黑田寿男（曾任日中友好协会会长）的合影，以及和板垣征四郎（日本甲级战犯）的遗孀在一起的照片。二姑端坐在椅子上，而那两位则毕恭毕敬地站立在一侧。日本人是非常讲究年资和辈数的。

晓舫姐是伯父母的独生女儿，父亲的侄女，比我哥约大八九岁，性情直拗，娇生惯养。在她短暂的生命中，叔叔给了她比她的父亲更多的眷顾和关爱。虽然她只是个晚辈，但她的任性和骄纵，在家里却搅起不少的风波。

由于她出生在这样一个吃穿不愁且有点名望的家庭，助长了她随心所欲的傲慢。中学毕业后，无所适从，以为到大电影院当播音员是个时髦的事情，又可多看电影。于是她到天光电影院充任一名播音员。时尚的服饰，流行的打扮，伶俐的口齿，又有不同寻常的来历，无人敢小瞧她。

她很喜欢哥哥和我。有一天，她把我俩带到电影院，一边工作，一边陪着我们。她给我们买了些零食和香喷喷的包子，把我们放在工作室里玩耍。例行的事情做完，她就和她的好友——白俄姑娘跑到什么地方去了。我俩从熟睡中醒来，天色已黑，电影晚场已散，而大姐却踪影全无。抹泪已经无用。我俩——不到十岁的小孩，硬着胆子，雇了

顾影自怜——晓舫姐

一辆马车，幸亏这位车夫知道我家的地址，径直把我们送到家。我俩直奔爷爷奶奶房中，这里已是灯火通明，人声嘈杂。全家老小正为我和哥哥丢失的事而焦急，母亲尤是心急如焚。感谢了车夫，惊魂甫定。大家议论纷纷，啼笑皆非。一会儿工夫，只见晓舫姐风风火火地跑进屋，问大弟二弟回来了吗？首先遭到伯母的厉声斥责和

奚落。大家冷漠的眼光投射到她身上。母亲虽然心疼儿子，愤然不平，也不便再说什么了。

晓舫姐的出嫁也颇费一番周折。

旧社会男婚女嫁，讲究门当户对。经媒人作伐，知道对方那氏，乃旗人，家道殷富，人丁繁蕃。未来的夫婿大学毕业，供职于银行界，仪表堂堂，而且还是个篮球健将。

相亲的地点设在千代田公园（今中山公园）。双方家长和重要成员偕当事男女参加。初夏时节，我家在一草坪处，用毯子和台布铺设一个圆形座席，做野餐状；冷食菜肴杂陈其间，一瓶瓶啤酒汽水，排列整齐。对方的阵势也很可观，同样以野餐游园的方式作为瞭望台和相亲的载体。好在有媒人穿梭往来，传递信息。结果，双方满意，择日完姻。

结婚仪典假座于中街的龙海楼大饭庄（在吉顺丝房后身），是一处屋舍俨然、庭院深阔的地方。锣鼓喧天，鞭炮齐鸣。哥哥以娘家弟弟的身份独自坐在一个轿子里，陪着晓舫姐应对一道道繁缛的礼仪。而大姐却处之泰然，一如参加别人的婚礼一样。

无人料到，一年之后，她却因与婆家不睦，而回娘家避居，直至芳年早逝。

她不接受"三从四德"，只知我行我素。唐诗有云："三日入厨下，洗手做羹汤。未谙姑食性，先遣小姑尝。"她没有侍奉公婆的习惯，更无曲意取悦丈夫的耐性。叛逆性格引向她婚姻的失败。

在最后的日子里，我亲眼看见她由伯母背在背上，去找我父亲，乞求药钱和生活费用。她的瘦骨嶙峋和大娘一路小跑的疲惫样子，令人心酸。

晓舫姐卒因"产后风"，过早地离开这个世界。

在这个家族中，父亲的这支族群"枝繁叶茂"，承载着家庭的主体。

一个居住在城市中的普通北方家庭，某种社会形态下的一个细胞，它既无耀眼的光华，也非全然无味。它只是自然生态法则中与众略显不同的一个人际组合——这便是我的无法选择的家世。

远去的足音

——父亲的素描

父亲之于我们，幼年时是一张严峻的脸；长大了是心中麻絮般的疑惑；自己也步入老年后，则变成丝丝的怜爱和无名的叹息。

他以九十三年的生命轨迹，为自己勾勒出跌宕起伏、瑕瑜互见的一生。他历经清末、民国、日伪以及光复后昙花一现的国民党统治等一系列光怪陆离的社会变迁，最后进入新社会。

如今，他的智慧、他的胸怀、他开拓过的人生版图，以及他曾经的荣辱得失，都已和他本人一起，静静地躺在他的冥宅——那个不大的骨灰盒里，任凭后人的评说与碎语，并已嵌入这个家庭的凝固的历史。

父亲是一个旧式人物。在他的心灵中，贴满了中国传统文化和封建伦理的种种标签，脑海里也深植着荣华富贵、高人一等的观念。但他年轻时确有发愤自强、飞黄腾达的鸿鹄之志。

他的一生在婚姻问题上，方寸凌乱，拓殖无度，娶了四个妻子；而到晚年，却孑然一身，往事如烟，徒自喟叹。

初涉仕途

先父耿维耕，字畚阜，生于 1903 年，卒于 1996 年。父亲于 20 世纪 20 年代初，考取东北巡阅使公署（后改为镇威上将军公署）官费留学生；根据指令考入了日本东京高等兽医学校，赴日留学，成为这个学校唯一的中国学生。当时，官方的意图是为日后东北军的骑兵和军牧场的建设培养和积蓄人才力量。这个学校的校长广泽办二是承袭父爵的贵族，在北海道拥有众多的牧马场、乳牛场以及其他畜牧产业，为学生实习提供了有力条件。日本陆军省中将总监、医学和兽医学博士武藤喜一郎担任顾问兼教授，此人著述颇丰。

父亲在日本学习期间，一个特殊的机缘，使他结识了东北军著名将领郭松龄。

郭松龄，字茂宸，早期曾与张学良同为少将旅长，后张为军团长，郭为军长。后来，郭因倒戈反"奉"失败，与夫人韩淑秀一起被黑龙江省督办吴俊升（外号叫吴大舌头）在辽宁省新民处死，暴尸奉天小河沿，成为旧东北军中一段公案，也成为震惊全国的政治新闻。

20 世纪 20 年代初，父亲留学日本，
身着学生制服。

1924 年，父亲接到郭松龄的秘书刘某的信函，称希望回国度假或毕业时，请到奉天大东关水簸箕胡同郭府与郭军长晤谈。于是，我父在 1923 年（日本大正十二年）东京大地震后回家探亲时，趋前拜访了郭松龄。回日本前又向郭辞行。这两次晤面，使他目睹了郭的睿智、雄心勃勃的治军韬略，以及他非同凡响的军人风采，从而留有深刻印象。在接见过程中，郭接听了张学良打来的电话，那情景让父亲心生感触。郭以军人的姿态，在电话机旁垂手站立，神情严肃，言语恭谨，毫无失敬之态。谈话中，郭军长兴奋地对这位留日学生所在的学校、所学专业以及日本的牧畜、兽医、军马等方面，垂询甚详。当父亲把一些日本的有关照片，呈阅给郭看时，他不胜唏嘘地说："我们有这样科学性的设备吗?"

谈话中，郭还提到建立军牧场、改良军马种以及建立铁骑军的设想。1925 年，郭松龄赴日参观日本陆军秋季演习。父亲闻讯，前往日本东京的帝国旅馆做礼节性的拜访。郭在握别时殷切地表示，期待毕业后回奉天再见。岂料，不久便传出郭松龄倒戈，死于非命的消息，令父亲惊诧不已，百思不得其解。

多年以后，父亲寓居北平，有傅姓老者时常往访。他是旧东北军的老人物，曾任参谋之职，乃郭松龄陆军大学时的同窗，二人交谊甚厚。此公对东北军内幕知之甚详。他向父亲道出了郭反叛的隐衷：忧于东北军政治的腐败，愤于杨宇霆的擅权独断。

父亲先后与郭松龄三次会面，对其恢宏的韬略、军人的风采，以及礼贤下士的胸怀，留有积极的印象，认为他是旧东北军中一位难得的名将。

父亲毕业回国，行装甫卸，即被委任为东北陆军讲武堂的中校教官，担任教授马学课程。这对一个年仅20多岁、初出茅庐的人来说，既是器重，也是压力。他殚精竭虑，孜孜以求，多方搜集资料，精心设计、撰写教案，引经据典，侃侃而谈，从而获得具有戎马经验的学员们的好评。有时，上级命他在朝会上向学生们做"精神讲话"，他更是聚精会神地准备，力求每次的讲演周密精到，中肯翔实。平时他上下班都是骑高骏的洋马，有扈从的卫兵。有一次，他骑自行车进入校区营门，由于心中踌躇于"精神讲话"的构思，猛然抬头，值勤的门卫正向他举手敬礼，一时慌乱，竟连人带车撞在了大门框上，引得门卫士兵也忍俊不住。当时的讲武堂教育长朱继先和张厚琬（皆为中将衔）都很关注和提携这位年轻而略带洋味的教官。

为时不久，父亲又奉镇威上将军公署张学良和杨宇霆之命，筹组东北陆军军牧场，被任命为上校场长。那时邹作华（原为郭松龄军参谋长，后任国民党军炮兵总监，上将）任职兴安屯垦区督办，跟父亲既为上下级，又属同僚，相处融洽。

在此期间，父亲与杨宇霆也有较密切的过从交往。

杨宇霆，字麟阁，又称邻葛，奉天法库县蛇子人，民国初年于日本陆军士官学校十七期毕业，是张作霖、张学良之外，东北地区权倾一时的人物；官拜奉天兵工厂督办、镇威上将军公署总参议等要职，操纵东北军政权柄；后被张学良诛杀。杨赏识我父的年轻、聪慧和干练，故而有一段时间，父亲去杨氏府邸，登堂入室，视为家常，甚至闺阁椒房，他也能通行无阻。

有一年冬天，适逢杨宇霆之父古稀寿辰，总司令部、兵工厂及相关机构杨的属员和大小官吏闻风而动，认为这是向杨奉承献媚的绝好机会。而杨则力诚诸人，办寿一事，立足节俭，不宜招摇铺张。杨宅位于奉天大东关青云寺胡同，临近寿日，往送贺仪者络绎不绝。其中，有奉天西丰县县长所献纳之寿礼为貂皮袍褂皮筒两件。皮筒是整张貂皮板，由若干张缝成，皮毛纤细温软，绒毛齐整，色泽光润，是纯粹的超等山貂，堪称皮货中之珍品。杨家账房管事曹某，收下寿礼并为来人开具收据后，呈请杨督办过目。杨见此宗厚礼，沉吟不语，思忖再三，然后命曹某尽速归还此物，以免遭致物议，有损政声。父亲知道此事后，暗中佩服杨的头脑清醒和深谙官场之道。

由于父亲与杨府的副官、幕僚关系稔熟，对一些秘事亦时有所闻。1928 年张作霖由北京退回沈阳，被日本关东军在皇姑屯炸死。张学良军团长连夜由天津乘兵车，穿旧兵衣返抵奉天，接任张作霖遗职，为东北军总司令，军政要务与杨宇霆商议。有时张学良偕夫人于凤至到杨府，在杨的三夫人杨秀珊室中吸食鸦

父亲年轻时的照片

片。一天，于凤至亲热地握住杨秀珊的手说："咱俩换谱，结拜为姐妹吧。"杨闻此事，正色对三夫人说："与你结为姐妹是抬举你，但她是老帅的大儿媳妇，又是少帅的夫人，我是他们的部下。你与她结为姐妹，岂不会有攀龙附凤之嫌和攀高枝的名声？我们还是本分一点为妥。"此事遂搁浅作罢。世人皆知杨宇霆以揽权僭越而遭诛杀，却不知他曾有此韬光晦迹之策。

沈阳城有个著名的道观太清宫，内有一位二十世纪二三十年代遐迩闻名的方丈叫葛月潭。此位道长通达世故，既与显贵巨贾周旋，又鲜与深交；满腹经纶，尤工书画。然求其书画者往往遭拒而返，因此，皆以葛手执如椽大笔挥洒之"一笔兰"（一笔画出兰花）

为稀世之珍。

父亲以晚生之谊与葛老方丈结为忘年之交，二人谈经论道，品茗清谈，时而有之。父亲曾珍存葛氏馈赠的带有老子绣像的《道德经》和他亲绘的长幅"一笔兰"。这两件文物皆在"文革"中焚毁了。

父亲二三十岁踏上仕途，可谓风调雨顺，春风得意。这段经历，使他置身官场宦海之中，目睹了旧时代上层社会的腐朽和军阀统治的黑暗，同时对他的人生态度、生存形态，也产生了潜移默化的影响。他想做个大人物，也要跻身于上等人之列，并且仿制他们的方式生活。

商海拾贝

1928 年，东北易帜，由南京国民党政府统辖，然后杨宇霆被张学良诛杀毙命，东北局势改变。"九·一八"事变，日本侵略中国东北，国势大变。

父亲基于对旧东北军的眷念、起码的民族气节和不愿仰仗他人鼻息，附逆去做伪职伪事，遂改弦易辙，宁愿做个春秋时范蠡式的"陶朱公"，混迹商海，以图赚钱糊口，维持生计。

父亲在三四十年代，先后开办了粮米、糖业、棉业、海陆杂货等商店商行。由于审时度势，运筹有方，生意兴隆，"陶朱事业"

有成，没有几年便积蓄了一份相当殷实的家业。令人匪夷所思的是，这位原本蔑视"买卖人"的人，自己居然也当上了财东和经理。他生平最厌恶"蝇营狗苟"，以清高自命，但在商海中也须学会面对浊流污水。从商实为他的弱项。

父亲知人善任，礼贤下士。他本是个喝过洋墨水的人，但他挑选的从商的助手和副理，多聘用有实际经验、懂生意经的人，而不问其出身经历和籍贯，其中以"昌乐"（昌黎、乐亭）和绥中的人士居多。因为，这些地域的人学生意、做买卖的人不少，且精干此道。他手下有几大重臣为他分兵把守关隘。张丰田，已五六十岁，沉稳、冷静，遇事不惊，长袍马褂，戴黑缎帽头，呼噜呼噜的水烟袋不离左右。李兰阶，一副慧黠的笑脸，见机行事，深谙待人之道。乔子瞻，衣冠楚楚，不苟言笑，能掐会算，掌管会计账目堪称高手。王彩亭，曾在大商号任掌柜多年，为人严谨，出谋划策，调配员工，非他莫属。

父亲对于他属下的老板掌柜均以友朋待之，酬金优渥，慰勉有加，并注重发挥各自的才干。他从不直呼其名，而称其号（表字），这是旧时代上流社会人际交往的一种称谓文化。他适时地招宴这些"阁僚"们于本店的员工食堂或外面的酒楼，这是他议事和联络感情的一种惯用方式。

遇有疑难或棘手的问题，他会向他们探求锦囊妙计："子瞻，你有何高见？""兰阶，你的意下如何？"于是，子瞻会从财经会计

父亲开拓商业版图（左胸前配戴
他自己设计的店徽）

的角度，分析进言该当如何如何；兰阶则用浓重的河北省昌乐一带的口音，力陈利弊得失，谏言何去何从。父亲沉思片刻后，择善而从。这些掌柜的也都知道彼此的长处，相安无事，很少有邀功争宠之事。

虽然从本质上，父亲并不精于生意之道，但对自己经营的这块商业领地，相对于旧时买卖人，也有些鼎新之举。比如，要求所有员工上班时间都佩戴由他亲自设计的店徽，以凝聚士气和扩大影响。他本人每到店中议事或巡视工作，也必在西服或袍褂的左胸部位戴上这种精巧的圆形徽章，毫无例外。此种店徽在当时的东北商界尚属罕见。

几十年后的今天，由某些单位、企业，自制、馈赠或由市场公开发售的挂历，已经司空见惯，十分普遍。但在上世纪三十年代的北方城市，由私人商业机构自制挂历，却凤毛麟角。父亲的商号自制的新式挂历，馈送给商界同仁或亲朋好友，也是一项标新立异之举。年终岁末，如果有谁收到这份挂历（旧称月份牌），谁不感到耳目一新和年节的喜庆气氛呢？

新年春节，店家纷纷停业关门，员工回家过年，气氛清冷。父亲商行的门楣却挂上簇簇松柏枝叶，配上一些橙橘，在鳞次栉比的老式店铺行列中，映现出别样的风景。

当然，传统的陈规旧习在这里也未消失。每年农历的大年初六，是春节休业后新一年肇始、开市大吉的日子，历来被商家所重视。天寒地冻，凌晨五六点钟，室外笼罩着黑沉沉的寒雾，室内则灯火璀璨。员工们早早起来，衣冠整齐、神采奕奕地等待开业吉时的到来。喧腾的锣鼓声，鞭炮噼啪迸射出来的耀眼光弧，让人感到这一时刻的隆重性。与此同

1939 年，穿燕尾服的父亲。

时，有人早已在办公室和会客室的墙隅角落撒满了铜板硬币和彩色纸屑，昭示着新的一年"生意兴隆通四海，财源茂盛达三江"。

随着父亲生意的日见兴隆，尽管他注意自身的内敛，节制不必要的张扬，但他毕竟已开拓出相当规模的商业疆土，某种随俗的社会交游，已不可避免。

出入名贵的饭店酒楼，三日一小宴、五日一大宴，对他已属家常便饭；灯红酒绿，各方酬酢，也是时而有之；但夜访青楼，沉湎牌局，嗜食鸦片，这些行当，他是绝不染指的。

当时，奉天（沈阳）的一些大饭店，明湖春、龙海楼、鹿鸣春、公记饭店，以及日式的现代化的"奉彼鲁"（音）啤酒屋，都有他的足迹。每次去，饭罢，无须交纳现金，凭他的名望，只须在账单上署名签字即可，定期由饭店派人到父亲的商行结账兑现，这已成为常规。

平时父亲很少去商店购物，一应日用货品皆由别人操办。有一回，恰逢星期日，他想起逛一逛"中街"（当时城里最热闹的商业街）。星罗棋布的大小商店，到处都是熙熙攘攘的人群。父亲领着我们（东屋妈和几个孩子）到吉顺丝房，买了几样东西。他提出要在这家有名的大商场内的餐厅吃饭。没想到，餐厅内已是桌桌爆满、座无虚席。父亲面露难色，略感扫兴，思忖一下，便找到一位主管，客气地向他道明原委，请他帮忙。这位主管迅即领来当班的掌柜。父亲还未向他申明吃饭之事，那位副经理便抢先躬身对父亲寒暄说："您老是 G 先生吧，有失远迎。"父亲说："冒昧造访，给您添麻烦了。"他则谦和地说："您老光临敝号，我们是蓬荜生辉呀，岂敢岂敢。"说着亲自领我们穿过人群，直到楼顶的一间宽敞的屋子，是这家大商厦的大老板私家独用的会客厅，平日其他人等是一概不得入内的。

室内富丽堂皇。全部的红木家具；深蓝色优质厚软的地毯和拼着花卉图案的殷红色地毯，铺在脚下；百宝格里摆满了各式古董器物；四壁则是一轴轴名人字画。一派典雅之气。

这是一次破格的礼遇。

我们就在那张四周镂空的讲究的硬木大桌上就餐，虽然心中稍有局促，却也感到别开生面。

然而，商旅和仕途一样，常有荆棘甚至沟壑在侧，一不小心就会受到伤害。那一次，父亲整天没有回家，谁也不知道他到哪里去了。直到深夜，一位襄理才打来电话，用惊恐的声音报告：父亲因经济罪名被扣押，现在法院，等候处理。全家惶恐，束手无策。伪满时期，"经济犯"罪名可大可小，小至连老百姓在胡同里买几斤朝鲜人私卖的大米，也算"经济犯"。所以，平民百姓对"经济犯"谈虎色变。在离家不远的一家法院，小时候，我们时常看见一辆辆封闭式的玻璃窗被铁栏杆挡上的汽车（囚车），有时还会看到"犯人"戴着柳条编的"羞耻帽"，被带进那个院落里面。心想，父亲去了那样的地方，该会怎样啊。后来听说，他被带走时极为镇静，进了拘留室，他被强迫解下西服的领带，被人收走。这些人见父亲举止不俗，仪态文雅，又会说日本话，气焰才收敛一些。经过同业朋友和日本商社的证明和支援，十几个小时后，他才平安回家，算是了结一场无妄之灾。

在旧社会，从本质上，资本家没有不剥削工人的剩余价值的。

这是马克思主义政治经济学揭示的规律。父亲年轻时也有过艰苦的经历，所以他知道应该怎样对人。他对手下的雇员往往是恩威兼施、刚柔并济。他在别人眼里是个"望之俨然，即之也温"的人。平时对员工要求严格，对疏懒庸碌、油腔滑调者，视为冗员；对严谨干练、勤奋好学者，赞赏有加。一年到头，父亲处于财东、经理的位置，颐指气使，店员们当然对他心存敬畏。但到了春节过年的时候，他却卸下居高临下的"面盔"，和大家打成一片。他会操起小镲参加临时凑成的铜鼓乐队，他也会憋足了气，敲几下嘭嘭作响的大鼓。离家远、舍不得路费的员工，自有一番寂寞。父亲有时会在他们的牌桌上，玩几回"推牌九"的博弈，嘻嘻哈哈中故意输点钱给他们，算是一点安慰。店员们平时的伙食简朴而清苦，到了过年，谁不盼望着改善一下伙食呢？父亲亲自为这些留守店中的员工们拟定一日三餐的节日食谱，贴在办公室的墙上。也许，这也是抚慰他们寂寞和乡愁的一种方法吧。

1942 年，父亲在北平开设一个分店，依然是做海陆杂货的批发生意，挑选了几个精干员工到此供职，其中的秘松年，是留给我深刻记忆的一位。那时他刚二十出头，是个风度翩翩的小伙子，一手时髦体的钢笔字，算盘打得噼里啪啦，又快又准，洋式簿记账目，清晰无误、无可挑剔。我们放学没事，有时去柜上办公室，跟他们厮混。我们求他教我和哥哥打算盘，加减法是首先要学的。他就教我们 625 加十遍，打熟了之后，又要我们把 16875 累加十遍。当然得数仍是 625 和 16875，只是进了一位。原来看着一个个算盘珠，挤在算盘里，有点眼晕。后来，我俩也能操之若素，甚至闭着眼睛也能打完 16875 了。到后来，参加工作，遇上动算盘的事，这拨弄算盘珠就成了我们的优势项目。

父亲在营业室

秘兄爱唱歌，举凡当时流行的歌曲，他都能随意哼唱出来。什么哥呀，妹呀的，他都吞吐自如。他站在那里，一只手插进裤兜，一只脚不住地点击地面："人生多岔路，大海多风波，东面是一座山，西边有一条河……"有时又摇着头唱起："把桨点破湖心，点破了湖心的平静，小船缓缓向前行。湖两旁的杨柳，摇曳轻轻，好像欢迎我俩来临……"虽然脸上长了不少的"青春疙瘩"，但小伙挺俊俏，蓝大褂、西服裤、黄皮鞋，湛亮而略显卷曲的头发，走在街巷，很能引起年轻女子的注意。有人知道他认识了胡同里的一个姑娘，父亲是打小鼓的，是旧北京走街串巷收购旧物的小贩。此女端庄淑雅，楚楚可人。秘有空就找她聊天或请她去红楼电影院看电影。可是有一天，父亲要他去办事，别人支吾，说不知道上哪儿去了。父亲怒气上来，又叫："秘松年！"没人应声，父亲自言自语地说"噢，上18号去了！"（18号是那女孩家的门牌号）。秘回来，听说经理生气，两三天不敢大声说话。可是等到北平这个分店停业散伙时，秘是最后一个离店的。他先回天津老家，之后再图别计。父亲给他最后的工钱，并多给他一点可以带走的东西，送到门口和他告别。他面带惆怅，向父亲辞谢，黯然离去。从此，随着飘逸的歌声，秘兄消失在人海茫茫之中。

我们有一个侯哥，他是店中略高一级的主管性质的员工，那时也是二十多岁。此人机警爽快，办事稳健，颇受父亲宠信。他是极少数能够往后院家眷处走动的人之一，女眷们有什么事常委派他去做。父亲曾帮助他成婚，觅得一个漂亮贤淑的媳妇。我还记得，婚后，他偕娇妻到我家拜见母亲和东屋妈的情景。他是一身笔挺的西装，侯嫂则穿一袭鲜红的衣褂，真乃春风满面。

有个夏晚，家里做的饭不够了，闹得我和哥哥没吃上晚饭，当然怒不可遏。侯哥知道了，特意领我们去西安门附近的"虹食茶店"吃日式快餐。一人一碗浇盖饭和大酱汤。我俩一边狼吞虎咽地大口进食，一边歪着头听他和女侍者闲聊。留声机传送的是我们不熟悉的广东音乐，我不知道当时播放的是《步步高》还是《渔舟唱晚》，或是《雨打芭蕉》，只是觉得这声音很有味道。我记得当时侯哥说的话："广东音乐很高雅，而且有情调。犯人听了也会感动，甚至落泪。"后来，每当我听到这种广东的清音，我都会仔细地体味他说的这番话。

六七年后，沈阳。母亲领我去城里小西门的露天市场买过冬的帽子。东北的严冬毕竟不比北京。濛濛的雾气中，天上静谧地飘舞着轻羽般的雪片。平时喧闹的市场变得有些沉寂，摊贩显然比平时少得多了。他们有的忧心忡忡地等待买主，有的跺着脚下的积雪，排遣内心的焦急。好不容易找到了一个三轮车货摊，是卖帽子的。母亲凑过去，低头看帽子，摊主转过身来接待我们。啊！一瞬间六只眼睛同时凝聚在一个回忆中，彼此认出来了。"婶，是您吧？大冷的天，怎么到这里来了？"侯哥强作热情且略带羞涩地说。"啊，跟小P来看看帽子。"母亲迟疑地回答。"P都这么大了，真快呀。那好，侯哥这有帽子，挑个好的，拿去吧。"说这些话，彼此心里都漾着某种伤感。母亲用眼睛在他的车上扫了一下，然后说："这孩子爱挑剔，他要的样式，你这里没有哇。我们到别处去看看吧。"说罢，母亲便牵着我，扭头就要走。尴尬地互道珍重之后，就这样分手了。

雪下得越来越紧。雪花在眼前飞旋，回忆也在心中盘旋。回家途中，一路无语。但我知道，我和母亲都在想方才的事——那个西服革履的侯哥和现在看到的那个他。

父亲一生没有几个真正意义上的朋友，一是因为他恃才傲物，二是因为他不肯媚俗。他交往较密切的朋友，多为经济实力和社会地位不如他的人，但必须正直而诚信。他最为嫌恶的是"蝇营狗苟之辈"和"獐头鼠目之徒"。

三十年代初，父亲和董大爷、安大爷到关帝庙烧香跪拜，金兰换谱，结为兄弟。董大爷是某烟草公司的主事，安大爷是略有田地的旗人子弟。董为山东人，一口浓重的山东话。他为人耿直，不善言辞，喜饮酒，供养一大家子人口，其所经营的公司低迷萧条。我和哥哥、弟弟刚上小学时，学校离他家很近，有一段时间，就在他家吃午饭。我们自带饭盒，在他家的炉子上加热。令我们感兴趣的是，董大娘常以（玉米）贴饼子和加了黄豆的玉米粥款待我们，使我们品尝到乡间风味的饭食。

当时父亲的命运正处顺境，年轻气盛。董以年长的净友身份，直言劝诫。父亲对他一直心存感念。

安是一位乡居文人，性恬淡，无入世为官经商之志，却有"采菊东篱下"之趣。他刚正于心，木讷于外，终生无业迹可陈。由于他口吃，父亲戏称其为"安嗑吧"。两人见面机会不多，但每与父亲晤面，常有慧言睿语相告。他认为父亲眷恋胭脂，妻室太多，久后必会误事酿成恶果，父亲却不以为然。安忿然谏曰："畲皋，你一意孤行，谁的话也听不进去，长此以往，有你受罪的时候。等到撞南墙的那天，你才会老实吗？"若干年后，父亲满头白发，颓然坐在旧沙发上，面对家里的南墙，想起这位老友几十年前说的话，不禁苦笑，心里说："安嗑吧说的没错呀。"

父亲有经常洗澡的习惯，到澡堂洗澡不仅洁身，而且对他也是一种休息。在奉天（沈阳）时，常去的澡堂是"连奉堂"，到北平后常去西四牌楼的"雁宾园"。在连奉堂，父亲常拉着印大爷和我们同去。印是父亲小时的同学，细长的个头，苍白的脸，羸弱的身躯，一副疲惫的样子。他供养老母亲和一家子人，而他的收入寥寥，度日寒酸。父亲有意邀他一起洗澡，醉翁之意不在酒，而在与他叙旧，互诉衷肠。同时，借机会给他一点经济上的接济。他默默地承受这意外的温暖，没有启齿说声谢谢，嗫嚅中把感激咽到肚里。我们三个男孩光着身子，在热气弥漫的池塘里，最怕父亲硬把我们驱赶进热水池中，也最怕热水浇头，呛得喘不过气来。这时印大爷总是和父亲一起，帮我们打肥皂、冲洗。洗完一遍之后，披着浴巾，或躺或坐，在床上晾干身子，像小大人似地听大人说话，或嘀咕着我们的事情。有时父亲命伙计由饭馆订购几碗叉烧肉汤面送来，我们可以吃一顿别具风味的加餐。

中村老头是个日本人，伪满制糖株式会社的副社长，日本商科大学毕业，名叫中村善之助，是一位和善的老头。他虽握有一定的权柄，但并不横眉竖目地对待别人，不刻意欺负中国人。有的日本职员给他的外号叫"噢机—桑"（祖父—おじいさん），有人管他叫"噢陶—桑"（父亲—お父さん）。他比父亲年长十来岁，见父亲去日本留过学，会说日语，文化素质非同一般商人，有时就同去料理馆饮酒聊天，"扣桑"（耿君）长，"扣桑"短的。他只身一人到中国东北，没有携带家眷。中村老头洁身自好，远离"声色犬马"之事。他认为一时的纵欲，只是过眼烟云。他曾用汉字写一条幅送给父亲："宁忍一时之寂寞，不成万古之凄凉。"日本无条件投降，他卷起行李，准备回国，说了一句耐人寻味的话："这个（投降），对日本是最好的良药。不然，日本会更乱，有些人会更乱弄。"

父亲晚年，想起中村老头，慨然说："他是个有良心的日本人啊。"

从商，从兴旺到式微，只是十几年。但他自命是个文化商人，不同于一般的奸商利徒，虽然他总会感到一点寂寞。

四十年代初，父亲去北平开拓商机，在奉天火车站的站台，正好遇见一个排列整齐的军乐队，参差错落地吹奏什么曲子，欢送什么"大人物"去北平"出张"（那时把"出差"叫"出张"）或履新。父亲见此势派，便折身从一个僻静处钻进头等车厢。没想到，片刻后，那位"大人物"也上了这个车厢，肩上是金板两星的中将军衔，后面尾随扈从卫兵数人，气焰非同一般。父亲虽然也算衣履不俗，但毕竟是个普通百姓，和随去的属员坐在一个角落，不言不语。也许是旅途寂寞，那位大军官竟凑近父亲这边搭起话来。话题一拉开，父亲说自己也曾是军人，不过是"九·一八"事变前的旧军人。这位高官眉头一皱，心头一颤。当他听到父亲吐露曾当过讲武堂教官时，马上站起来，轻声叫"老师"，执弟子之礼。"才几年呵，我竟把老师忘了。失礼，失礼。我听过您做的精神讲话。我记得，我记得。"他还表示，以父亲的资历，出来做事，当个一官半职，当属顺理成章。父亲则婉言表露：生逢乱世，一介草民，挣钱糊口，也足慰平生了。

多元婚姻

父亲迎娶四位妻子共栖一巢，表面风光欢愉，实为自寻缧绁羁索，作茧自缚。这在他的后半生，全面地显现出来。

起初，他也许认为，自己的"多妻"与"凡夫俗子"的"多妻"有别，也与那些昏愦的地主老财们的"多妻"迥异。自己演绎的是一局新式的多妻、和谐的多妻。但他没有想到，此"多妻"与彼"多妻"的病源和后果，是相同的。它不仅贻恨自身，贻害配偶，并且贻祸于子女。

母亲以豆蔻年华，娉婷淑女，与父亲结褵。那时父亲年轻势盛，如日中天。两人着实过了几年优裕恩爱的日子。母亲是个朴实无华的妇人，这种平静的一夫一妻、无忧无虑的生活，使她甘之如饴。她接连生下三个男孩，然后是三个女孩，这从繁衍子孙和传宗接代的意义上，使她在家庭中居于不可动摇的地位，被视为耿家的功臣。在相当长的时间里，在衣食用度方面，父亲未曾亏待过母亲，这是事实。

后来，父亲喜新厌旧，接二连三地迎纳新欢，母亲被置于另册，只有自叹命运不济，而无良策抵御厄运。

1952年，母亲病危，父亲连续数天昼夜服侍在侧，和衣而卧，直至她的逝世。"荣芝，喝一点水。不烫，是温的。"他小心翼翼，用勺往她干涸的嘴边送水。"荣芝"是母亲未嫁时的名字。"荣芝，我给你翻个身。"他仔细地给母亲掖一掖身下的棉被。这种真情流露，或许是他对母亲多年的不屑和冷漠最后的忏悔和赎愆。

是年冬，母亲溘然长逝。当时我们还小，惊恐和悲痛令我们手足失措。父亲含泪和老妻诀别，用自己的两只胳臂抱住瘦弱干枯的母亲遗体，惘然若失，放进冰冷的棺木。他没有失声哭泣——那不符合他的性格逻辑。他只是木然地张罗着丧事的种种，满脸倦容和晦气。他知道，留下来的这六个孩子，既难供养又不知如何管束。

母亲离去，父亲才明白她的贵重。

第二个妻子——东屋妈，日本人，早年即与父亲认识，在东京留学时又见过面，真正进入耿家为妇，是在 1936 年（弟弟降生那年）。

她聪慧巧智，融汇日本和中国两种文化，在中国生活六七十年，成为一个不折不扣的"中国通"。她能说一口流畅通达的近于北京口音的普通话，能写一手熟练而工整的汉字。二十世纪五十年代，弟妹们拿回家的前苏联小说，如《收获》、《金星英雄》、《一封没有寄出的信》等，她也抢着去看；也曾兴致勃勃地和妹妹们去电影院看夜场电影，天亮了才余兴未尽地徒步回家。

她对父亲情笃意深，共过患难。四十年代后期，家道中落，经济状况骤变，她能顺应现实，安于面临的清苦生活。虽然日渐老迈，但洗衣、做饭、穿邋遢衣服，她都心安理得。这与她早期的浪漫、婚后的华贵，形成鲜明的对照。

究其实，东屋妈是父亲四个妻子中与他共同生活最长的一位。她于1986年去世，早于父亲10年。

父亲欣赏她对自己不变的忠诚与独到的体贴。父亲一生都喜欢在她的屋里，摆上小桌，坐在炕上独酌，吃她做的带有日本风味的饭菜。一边啜酒下箸，一边和她以中、日语相间的方式说些家常。有时父亲的日语说得不够精确，她会纠正，并加上一句："到现在，这句话还不会说吗？"父亲则一笑置之。

母亲去世后，弟弟和两个妹正在上学。东屋妈竭力要当一个合格的后娘。清晨，早早地做好早餐，有时还得准备带到学校的午间饭盒。送走上学的之后，还得照顾年幼的小妹妹，一天着实辛苦。遇有她疏漏和不周的地方，父亲便会俏皮地讥笑她："你这个日本鬼儿，当妈还不够格。要是亲妈，绝不会……"，这时她常常缩缩脖子，歉然地一笑。

中年的父亲—20世纪40年代初在北平

她没有自己亲生的孩子。

应该说，在我们成长的过程中，她给过我们母亲式的照顾（尤其是较小的弟弟妹妹），我们也给了她足够的温暖和生活支撑。每个月的月底，她会期待邮局投递员熟悉的声音："快拿图章（戳子），汇款单又来了！"她知道，这是二儿子从北京寄来的。哥哥、弟弟和妹妹也以不同的方式，向父亲和她提供生活给养。妹妹们的照顾也许更仔细，针头线脑、内衣内裤，巨细不落。这对晚年的父亲和东屋妈无疑是一种无可替代的精神慰藉；同时，也使她更深切地认识到中国的伦理道德。

我们成年以后，由于新时代的教育和社会实践，对国家、民族、历史以及家庭都形成了新的理性观念。父亲对我们的思想进步和理想追求一直抱以赞赏和支持的态度，并且从未说一句扯后腿的话。东屋妈则更严谨，对我们在家中流露出对事物的新式观点，只有频频点头，而不予置喙，生怕拂逆了这些新青年的新思维。

那些年，我们多顾及与她划清思想界限，而没有真正跟她学点日语，这是后来我们悟到的一点遗憾。

1977年，中日邦交正常化、粉碎"四人帮"之后，东屋妈得以回到阔别几十年的故土日本探亲。无人料到，半年之后，她居然只身一人又回到沈阳，回到父亲身边，令人匪夷所思。她从一个现代化的社会，毅然回到尚属发展中的国家，在艰苦环境中，陪伴垂垂老矣的父亲，相濡以沫，与他共度生命的最后时光。这是她人生中最为亮丽的谢幕，也是令我们对她刮目相看、更加敬重的一笔。

在媳妇眼里，她是一位和善的婆婆；在孙辈心中，她是一位温厚的奶奶和姥姥。

西屋姨与父亲的相识有一定的机缘。她曾是东屋妈的学生，一个品学兼优的妙龄女生。她到家里来，拜托东屋妈谋职，恰与父亲邂逅，于是一见钟情。她出生于小康之家，父亲早逝，在传统的家庭环境中长大。

她既有学生式的纯真，又有玲珑慧智的风韵，无需浓妆艳抹，眉目之间早已流溢端淑的丽质。父亲和这位新伴侣交游，下饭馆，逛街，谈心，感到如沐春风，相见恨晚。而父亲的绅士风度和儒雅的谈吐举止，也让她倾心不已。于是，两人秘定私约，"发不同青心同热"，先赁房别居，待机并入家族版图。母亲没有吵，东屋妈没有闹，西屋姨便安全进港，泊靠在父亲的港湾。

说老实话，西屋姨没享几年福。她进门没几年，父亲的"商业庄园"便分崩离析，家势衰落。刚到北平的第二年，她生下第一个男孩（我们的异母弟弟），在家里的四合院办满月，还宾客盈门，佳酿飘香，不久便每况愈下，一蹶不振了。三四年后，大表姑结婚，男方为一位军官。父亲未去，遣母亲和西屋姨联袂前往祝贺。西屋姨那天穿了一件织锦绣花的雅致旗袍，浓黑的秀发梳成后抓髻式样，颇引宾客们的注目。其实，这已是"金玉其外"的应酬而已，家计已大不如前。

西屋姨的一个令人赞赏的品质：在"富"与"穷"的转折中，

在"顺境"与"逆境"的演化里，她作为一个女性表现出的坚韧和不渝。四十年代末，家里最困难时期，衣食皆成难题。她放下身段，挽起袖子，承担北平全家十几口人的炊事，其辛劳可知。"文革"中，她无奈与父亲离婚。但始终未嫁，领着子女"扎根"乡村，走"五七"道路。父亲无力照顾他们，只有暗自垂泪，愧疚于心。苦尽甘来，她终于又回到沈阳，过了几年康宁日子。她和父亲情丝未断，情缘未了。东屋妈去世后，我们兄妹几次酝酿动议，希望她和父亲复婚，同舟共济，安享晚年。可惜，她身罹重疴，于1996年早于父亲半年黯然离去，让人痛悼不已。

她是父亲最年轻的妻子。她的思维和行事趋于传统。

南屋姨是个浪漫主义者。由于浪漫，她乐于嫁给父亲；由于罗曼蒂克的破灭，她挣脱了父亲的怀抱。二十世纪四十年代中期，父亲家业的凋蔽已成定局，她还兴致盎然地投入这个"荒园"。这个家庭已经人满为患，她还要挤进这列班车，甘当边角的一名闲员。

她没有进北平家之前，自然与父亲有一番海誓山盟、卿卿我我之恋，但那是父亲只身回沈阳收拾商事残局、孤寂无主之际。进入门槛，登堂入室之后，无论环境，或是心绪，都是另一番光景了。这是她未曾臆想到的。

她和父亲很少有独处的机会。多年女职员生涯形成的放荡不羁和开朗旷达的性格习惯，不能全部展开；自己的生活情趣和潜能，也无机会展露。——因为，人多、眼睛多、嘴杂，稍有失慎，即可引来风波。她埋怨父亲爽约失信，也渐渐意识到自己的不识时务。她看电影，观游泳赛，哼歌，有时也和母亲结伴去晓市卖旧物，以此消磨时光和心中的愁闷；有时也会露着盈盈笑意，跟我们一起大嚼炉台上的烤窝头片和滚烫的白薯。

夏天的一个下午，家里人不是午睡，便是出门。母亲领两个妹妹暂居沈阳。老槐树上的蝉鸣，时断时续，院子里一片死寂，正是令人发睏的时候。我坐在房檐下的石阶上发呆，母亲和我天各一方，心中郁闷。南屋姨和父亲在屋里说话，唧唧哝哝，听不清楚。呆了一会儿，父亲突然跑到我的跟前，手中拿个铁榔头，怒气冲冲："大人说话，你偷听什么？怎么这么没规矩，没家教？"我大惊失色，想躲也来不及。这时南屋姨像风一样出现在面前，用胳膊挡住父亲，冲他大喊："你这是干什么？孩子在这凉快会儿，想他妈呢；偷听你什么了，有什么可偷听的？"父亲的怒气消了，那个铁榔头才没落在我的头上。我想，这才是南屋姨。她平时跟我不错。

南屋姨在这个"蒸笼"里煎熬了三四年，最后以不辞而别的方式表达了自己的怨恨和抗议。

父亲一夫多妻，他曾以为与众不同：觉得自己拿捏有度，以"平衡论"、理性和温情，可以纾解和消弭家庭中的不和，维持家中的康宁。但最后的瓦解告诉他：这种陈旧腐朽的家庭秩序，应该并且必定寿终正寝。

冷暖父子

我们和父亲，一生缺乏足够的交流和沟通。父子间始终没有搭设一座心桥。他生前和身后给予我们什么？给了我们沉重的回忆，给了我们诸多反面的教训，给了我们风雨兼彩虹的叠印的写真。当然，他也给了我们一份父亲式的哲理和常人的情感。

我七八岁的时候，父亲要求哥哥和我到店里的员工食堂吃饭。那个食堂的伙食分为三个等级，亦即分三拨进餐。第一拨是普通员工（伙计），人数最多；第二拨是中层员工（账房先生，公关外联人员）；第三拨则是穿着长袍马褂的经理掌柜。按照父亲的旨意，我们不能去吃第三拨饭，只能吃一、二拨的饭，而尤以和伙计们吃大锅饭的时候居多。早饭常吃那种稠稠的高粱米粥、雪里蕻炖豆腐。和那些年轻的伙计们说说笑笑，吃起来满有兴致。一口天津口音的宋师傅，知道我俩不爱吃雪里蕻，就有意往我们菜碗里多盛几块豆腐。我们吃"二拨"饭，多为晚饭，由于家里的饭菜有时不合我们的口味，比如"鞑子粥"（用牛油、牛肉熬成的稠大米粥）之类。吃"二拨"饭的人显然要比伙计们斯文一点，桌上要多两、三个菜，有时还能吃到咸鸭蛋和粉皮之类的凉菜。他们在饭桌上说话，注意分寸，生怕我们传到家里去。

食堂的院子里，有一个牲口棚。吃完饭，我们驻足看骡子和马吃草料、豆饼，碰巧还能在一旁看它们卸套之后躺在空地上打滚、翻身。有人告诉我们，这是牲口解乏消除疲劳的一种方式。

闲时，我们也去员工宿舍转悠，领略一下独身的年轻伙计们的生活。马路西边的商行和马路东边的商行，各有宿舍。

长长的床铺上，一个挨一个的铺盖卷儿（行李）整齐地排列着。这些来自各方的小伙计们，谁也不愿暴露自己的邋遢相，而竭力显示出自己的存在和个性。有人在自己的被褥底下塞着梳子和小镜子，有人在隐蔽处藏着美发用的"发蜡"，有的人在枕头底下掖着从小书铺租来的言情小说和《雍正剑侠图》、《施公案》、《三侠五义》之类的武侠小说。这些年轻人当时的口头时尚，不外乎当红影星白云和李丽华诸人的影讯和行踪。工余之后，宿舍里自有一番喧闹景象。碰上谁高兴了，也会有人骑上自行车带着我们上马路去兜风。

有一回，在白天，我和哥哥信步走到一个宿舍，隐约听到呻吟的声音。昏暗的灯光中，我们发现在火炕的一角，一个人捂着棉被蜷卧在那里，凄凉而无助。别人都上班了，他为什么在这里孤独地躺着呢？——他病了！这就是那个平日爱照镜子、口袋里常揣着把梳子、油头粉面的小伙子呀！我们惊恐地去向别人，回答说：他不学好，夜不归宿，偷偷摸摸去逛"窑子"（下等妓院）——冶游，染上"杨梅大疮"（性病），不可自拔。"唉，出门在外不学好，怎么向家里交代？没事在柜上练练算盘，写写小楷，多好！"那人说。后来听说，虽经注射什么德国药，仍不见效，捎信给他家里，将他领回，而不知所终了。

父亲乐于我们看到和听到这些，因为这有助于我们懂得人生和认识社会。

寒暑假时，一些掌柜的孩子们也会来商行的宿舍小住，在员工食堂吃饭。这样，我们就有了交游的伙伴。他们大多已上"国高"（中学），比我们大四五岁，当然见多识广。中学运动会上，哪个学校的铜鼓乐队吹奏得多棒，大出风头啦；他们学校的日本教官如何打中国学生的耳光啦；"勤劳奉仕"（一种劳役，是日本侵略者奴役东北人民的美化说法）到郊野拔草、喂马，草丛中钻出大长虫（蛇）啦，等等；津津乐道。我和哥哥坐在夏夜的凉石上，入神地听这些高年级生讲述那些我们视野外的故事。"知道吗？'老英老美，你来打折你的腿！'现在日本跟英美打仗，报纸上都把'英''美'两个字加上个犬犹儿的偏旁，变成'獏''獟'了。你没见墙上的标语，也是这样写的吗？"我听了之后，哑然无语。又添了笔画，两个字写起来，不是更麻烦了吗？太平洋战争之后，日本与英美为敌，为了宣传上对其表示蔑视和仇视，竟推出新字"獏"、"獟"，将其编入猪狗之列，岂不是文字学上的一大"创造"？

父亲先后为我们聘请过四位家庭教师。第一位老师，时年四十余岁，据说古文底蕴颇深，"之乎者也"，出口成章。但我们垂髫之年，学那些东西，恍若天书，于课堂学习无补，无助。

第二位吴老师，老东北大学毕业，为人诚笃，举止文雅。课间小憩，母亲或东屋妈常有茶点送来，他以拘谨之态受之。他写得一手好字，非常人所能及。他曾用钢笔在一张白纸上书写"书内有黄金"以及"书内自有千钟粟，书中自有黄金屋"之类的劝学格言。但年幼的我们对此又能理解多少呢？倒是他那端正工整的字体，令我们难忘。

第三任老师白洁，是我们到北平后，由大表姑介绍来的师范大学的女学生，质朴憨直，能直言不讳地批评我们，谁学习不专心，谁作业浮皮潦草。她的教学，对我们由关外教育过渡到关内教育，起到一定作用。除了初来时，父亲与她见面，说几句寒暄话之外，后来都是由母亲接待。母亲很欣赏这位年轻女老师的清新气质。

最后那位秦老师，已执教多年，富于教学经验。她家住在护国寺西面的宝禅胡同一个雅静的四合院。我们兄弟每星期到她家里去一两次。她对当时的课本教材了如指掌，经她的指点，我们作业及考试都比之前有所提高。

她是位地道的北京人，对北京的习俗掌故如数家珍。"你们溜冰吗？"我们摇头。"北京的孩子哪有不去溜冰的呀！"她建议我们去买冰鞋溜冰。

父亲听说秦老师的建议，慨然去西单，给我们哥仨各买了一双冰鞋。当时滑冰是时髦的事。之前，我们曾在北海公园的漪澜堂前面观看过滑冰表演。一位五六十岁的吴姓长者，穿着古代朝服，手执京戏中的马鞭，在冰上迈方步，摇马鞭，还随着锣鼓点和音乐，做出种种高难的动作，潇洒至极。同时，在冰场上翩翩起舞的姊妹花"大金鱼"和"小金鱼"（绰号），上着蝴蝶衣，下配超短裙，长筒厚袜裹着修长的双腿，以绰约多姿的冰上魅力风靡全场，赢得了阵阵喝彩。

我们三兄弟经过几次摔跤，没出两个月，就从穿上冰鞋站不稳，到能在冰上速滑，甚至掌握"倒溜"、走"8"字等基本技能了。

有一次，我们在北海的"双虹榭"冰场滑冰。朔风凛冽，游人稀少，冰场里只有我们哥仨。一会儿，来了三人，一个是国民党空军军官，戴着蓝色的太阳镜，另外两位是花枝招展的"吉普女郎"。当时的市井小报上，刊有"只恨分身无妙术，不能处处做新娘"的打油诗，揶揄某些年轻女性与"接收大员"和国军军官厮混的乱相。我们学生对此当然嗤之以鼻。

那位军官不客气地要求我们，帮助他们学溜冰，保护两位女士不要摔倒，并且表示可以给我们一点小费。看着他那副趾高气扬的样子，令人生厌。谁给他们当奴才！对不起，我们背上冰鞋，打道回府了。谁让天气这么不好呢。

父亲赞成我们的做法，说人应该有骨气。

我记得，1943 年隆冬，我们刚到北平的第三天，雪雾清晨。父亲领我们去北海公园散步，也是为了让我们初识古都风貌。

进了南门，举步走向汉白玉大桥，水面已结冰，晨霭中山上的白塔傲然兀立，萧瑟中弥漫着寒气。父亲指着桥南端牌楼上的两个金字——"积翠"，又领我们走到桥北端的牌楼下，指着上面两个字——"堆云"。他说："桥南桥北这对应的四个字，画龙点睛，把北海的盛景和诗情画意都囊括其中了。这就是汉字的力量。你们应该记住这四个字，别白来一趟噢。"几十年过后，父亲已经作古。我们手足同去北海，旧地重游，走到这里，抬头望着牌楼，异口同声地说出"堆云"、"积翠"！我们没有忘记，没有忘记那个冬天的薄雾的早晨。

父亲对我们不曾有过什么溺爱和娇惯。

星期日早晨，他会适时地来到我们睡觉的屋子，用竹竿打开玻璃窗上的"窗亮子"，说要透透空气，实则是要搅醒我们，以免养成睡懒觉的习惯。

暑假，别人还在梦中，他往往会在清晨领着我们拿起笤帚、簸箕，清扫院子——那片不小的四合院砖地。过去在老家（沈阳）我们从未扫过院子，现在要从事这份体力劳动，未免有点吃力。"扫个地都不会，还能干什么?"他一面弯腰扫地，一面对我们说。他看见砖和砖之间的缝隙，被我们忽略，扫得不干净，便告诉我们不应平扫，必须用笤帚尖立着去扫，才会扫得干净。经过他这番点拨和示范，日后我这辈子都能熟练地利用笤帚尖去扫犄角旮旯儿了。

他郑重地对我们说："'黎明即起，洒扫庭除。'是《朱子家训》（朱柏庐）里的话。有为青年，从小就应养成勤奋的习惯。"

在北平，父亲的商号虽仍从事海陆杂货的买卖，但规模却比沈阳的逊色。有一段时间，粉条、柿饼、干枣等货品滞销，闲置库中。父亲命一些员工去市场直接销售。哥哥和我也应命前往，充当一名小伙计。那时的西单商业街远比现在的简陋，所谓西单商场多为平房所组成。我们就在马路西面的空地铺上几张席子，摆上几杆秤和几个算盘，贱卖抛售。那天，风沙骤至，行人稀疏，幸亏廉价兜售，我们又不住地大声吆喝，才吸引了一些人光顾。开始时，我和哥哥有些胆怯，畏首畏尾，又怕同学碰见，躲在后面发愣。后来看见别人忙这忙那，我俩也就放浪形骸，跟着搬东西，递货品，忙个不迭。货卖掉大半，总算有所收获。

回到家已是掌灯时分，浑身上下满是灰尘。父亲向大家道了辛苦，然而对哥哥和我却只说了句："赶快洗脸去吧。"

那时候，父亲喜欢听戏，尤对杨小楼、金少山、萧长华和四大名旦诸人的表演推崇备至。对京剧的戏文，他仔细揣摩，品察其历史内涵和人生情味，作为自己的精神补养。

著名花脸金少山演的《连环套》，他赞不绝口。他不止一次地讲述戏中的窦尔墩因"盗御马"等情事，与黄天霸有世仇之怨。黄三太已死，其子黄天霸前去拜山，欲追寻御马下落。在激烈的智勇之斗后，窦亲送黄下山归去。有一句道白："喽啰们，摆队送天霸!"父亲在讲述这段戏时，端起肩膀，张开双臂，抑扬顿挫地念出这句台词，盛赞窦尔墩作为一个草莽英雄、绿林响马，犹有如此胸襟大度，侠肠义胆，令人感叹。

在北平，有一天，我们原本循规蹈矩地低头做作业，父亲穿戴整齐，出门去办事。看见父亲走了之后，我们认为可以松快一下，便扔下作业，撒开欢在客厅的地毯上摔起跤来。我们轮番上阵，模仿天桥的把式，抱在一起，你抢我拧，激烈时把桌子椅子撞得东倒西歪。未料，没一会儿工夫，父亲却推门回来，见这般乌烟瘴气，勃然大怒。他命哥哥拿来板凳，放在屋子中央，从瓷筒里抽出那把清末张之洞创办的汉阳兵工厂精制的手杖，怒吼："是不是该打？为什么要打你们？"这时哥哥已经吓得变了声音，壮着胆子说："爹，我们错了，应该打我。"说着就趴在凳子上。万万没有想到，父亲听了这话，稍微犹豫了一下，一言未发，把手杖放回瓷筒，转身走了。事后我们猜想，准是哥哥的坦诚认错，帮了我们的忙。

母亲去世，使家庭生活和正在成长期的我们雪上加霜。家室之累已使父亲如牛负重，而我们和他的感情却若即若离。我们的心和自然界一样，同处于严寒的冬季。

一个晚上，我们兄妹六人，敦请父亲到我们这边来叙谈。父亲多少有些意外，但还是如约而至。我们起立迎请他入座，几句寒暄过后，哥哥说："爹，今天让二弟给大伙念一念朱自清先生的名著《背影》，好吗？"父亲点头同意。

　　这篇在中学课本里谁都读过的文章，这天晚上却成了名副其实的经典。它以其深厚的情感力量，叩击每个人的心，撩动每个人的泪腺；——因为我们也和作者一样，面对的是自己的父亲，一个逐渐衰老的父亲。开始，我还以念课文的语调和方式去读，到后来就变成了深沉的低诉和心曲的喷放。大家低头，沉寂，谁也不愿意看谁。我有点尴尬。我们不习惯用这种方式来表达和陈述点什么。

　　父亲说话了。他说："朱自清先生的文章，我看的很少，今天读他的《背影》真是字字玑珠，不愧是有名的文学家。咱们父子都从他的文章和情感中受益。我相信，你们会有一个好的前途，咱们的家庭也才会有希望。"言毕，他起身离去。在幽幽的灯光中，我们看到了一个受感动的父亲。

　　这篇《背影》，这次朗读，成了父与子感情的契合点。

　　母亲不在，我依然很恋家。虽然哥哥和我已成为上班族，但只要有空，我们都会回家看看，踩一踩院子里那条熟悉的小路，看一眼弟弟妹妹期待的脸，在那个火炕上睡一个暖和觉，感受一下母亲留下的余温和芳香。次日，起个绝早，去上班。

　　已是早春节气，清晨。我慌忙洗漱一番，背上挎包赶着去单位。小街空旷无人，远处楼房顶处的玻璃窗闪动着橘黄色的光亮。我大步流星地往前走，再拐弯，到了南大街就是公交车站了。隐约听到有人喊，越来越真切。"事不关己，高高挂起。"这时候谁会喊我呢？我继续走我的路。伴随着噼啪急促的脚步声，"小P！小P！"

我听清了，这是在喊我。一回头，看见父亲喘着气，奔跑着追赶过来。他上气不接下气，喘得说不出话："这是你的图章吧，忘在桌子上……一上班，办公离不开图章啊。"他把手里攥着的戳子递给我，像完成一件郑重其事的任务。我默然，我百感交集。我不知道怎样表达我此时的心情，我只是说了一句毫无表现力的话："我忘了。还让爹为我跑一趟……"

在我们幼时的瞳孔里，父亲是一个何等尊贵的人物！在旧时代，他曾见过世面，做过一些大事。现在我们大了，他已垂老，却能为我们屈尊俯就，操这份心。这不是世道在变化、父亲也在变化吗？

如今，我已皤然白发，忆起几十年前那个青色的黎明，那一幕往事，仍怦然心动，很想向另一个世界，对他说一声：谢谢。

回想小时候父亲的威严和他的那些清规戒律，使我们感到某种寒意。敬畏和隔膜，曾经使我们对父亲那些伦理教义，味同嚼蜡。

我们从未像别家的孩子那样，在父亲面前撒过娇，享受一个孩子在父亲怀中的温暖。在他面前嬉皮笑脸或袒露童真，则更为罕事。

稍长，父亲到我们这屋来，无论当时我们是坐着或躺着，闲谈或读书，都必须起立，恭谨地迎接他的到来，待他坐定，我们才能拣偏座坐下。他离开时，我们也必会站起来送至房门。他对我们讲话，无论中听与否，我们总是专注地聆听，不敢懈怠，摆出一副恂恂之态。在他面前，谁敢放肆地两腿交叠，翘起二郎腿来呢？那样就太失敬而不雅了。后来我想，这种繁文缛礼，固属旧文明，但在一般社会礼仪中，操之适度，也不失为一种小大由之的文明软程式。

大概是在 1944 年吧，大姨（伯父的那位妻子）来北平。父亲领我们几个孩子送她到前门火车站回老家。送罢，归家路上，在西单皮裤胡同的那家馆吃饭。血肠、白片肉、酸菜、冻豆腐、熘三样……净是东北人爱吃的家乡菜。这个大众饭馆，宾朋满座，吆三喝六，喧声不断。父亲见我们有些拘束，动筷迟缓，便说了一句："少吃饭。"哪知我鸿蒙未开，生性愚鲁，不解其意，吃起来更加踌躇，一碗米饭吃完，索性连饭带菜都不敢下箸了。临了吃了个半饱回家。多年后，我当做童真童趣，和父亲提及此桩前尘往事，父亲睁大眼睛，朗声大笑："还有这事呀！那是我提醒你们少吃饭多吃菜呀！"我在众弟兄面前，也只好赧然一笑。我想，这也许是父亲平日的威严，在我幼时心中凝结成的副产品吧。

枫林唱晚

上世纪八十年代中期，东屋妈病逝，八十余岁的父亲形影相吊，抱残守缺。虽有孙女同住，儿女们悉心照顾，但老境凄凉，自不可免。

父亲一生刚强，到了晚年亦不肯向年龄示弱，不愿给儿女添麻烦。生活不便、病痛以及精神上的孤独寂寞，他一总自行化解。他虽眼疾甚重，但仍竭力读报纸、看电视，了解国家和社会大事。他也以子孙繁衍和锐意进取而自慰。

他到儿女家小住，少则三五日，多则个半月，决不延宕时日，招惹麻烦。无论到哪家，必带的行装常是一个陈旧而相伴多年的提兜，内有自己习惯吃的两袋（筒）奶粉，还有须臾不离的烟斗和装着烟叶的皮烟袋。

他的生活节奏极为规律，进食与如厕均有定时，从不含糊。

那次，我回沈阳。大妹盛情邀请父亲和三个哥哥，同去"红房子"西餐厅聚餐。那是一次意味隽永的家事活动。餐厅的陈设布置也许算不上华贵，但明洁的大落地窗，光泽的地板，素雅的桌布以及每桌必有的花瓶，构成一种温煦的意境。

小时候，父亲领我们去过西餐馆。怎样正襟危坐，左手拿叉、右手拿刀，喝汤时应左手捏住汤盘的边沿、右手用勺之类的吃法，都是他亲自教给我们的。几十年后，父子聚首，再吃西餐，别有一番滋味在心头。大妹帮他切菜肴，挪盘子，整理膝上的餐巾。他泰然进食，依然那么庄重、矜持而有风度。我们没有说多少话，但在心中却驿动着昔时与今日回旋的情感涟漪。

1988年，父亲来京小住。已经耄耋之年的他，有一个沉积已久的心愿：临终前，能与阔别多年的二姐晤面，畅叙手足衷肠。那天，我和两位妹妹陪同父亲造访二姑家。这是一所相当讲究和舒适的住房，墙上挂着著名书画家范曾书写的横幅："依然故我。"二姑静静而无力地坐在轮椅上，父亲扑过去，失声痛哭。她用呆滞的目光凝视着眼前这位白发老人，那个孩童时一起玩耍、一起咯咯笑的弟弟。

"二姐，我是维耕，我是维耕"。他带着哭声呼唤自己的二姐，那个会说日本话、曾经当过"贵夫人"的二姐。他记得，那个机灵的梳小辫的小女孩，在老家的院子里，领他玩"跳房子"，抢起绳子，神采飞扬跳个没完的情景；他还想起，在东京读书时，到二姐家，斟茶夹菜、嘘寒问暖的姐姐温情。

许久，她木然地翕动嘴唇，吐出两个字："维耕。"声音低微，有如游丝。实际上，那时她已不能说话，这是极为特异的一次灵感反应。在场目击者无不动容。

那天，表哥表嫂在家里殷勤地招待我们共进午餐。

这是父亲和二姑的最后诀别。

应该说，父亲生命的最后几年，得到了儿女们（包括异母手足）的倾心照料，大家用各自不同的方式向父亲表达了对他的眷念。

父亲暮年，曾用颤抖的手为自己写下人生最后的座右铭，自省自策。其一为："语为吉祥滋厚福，心缘敬慎达亨衢。"其二为："静者心多妙，超然思不群。"字迹苍劲遒健。这也许是他坐在沙发上，面壁多时，参悟出的一点禅机；也许是他为自己此生作的一个理性的总结；或许是他用文字为子孙留下的一点遗言。

父亲逝世，我是在 1996 年夏天那个清晨，从大妹的长途电话中得知的。放下电话，我独自垂立，向东北方向，行三鞠躬，遥寄我对父亲的哀思。

颐养天年·父亲的夕阳照

我想起几年前，我回沈阳看望老父，临别时，他凄凉地站在老宅的胡同口，含泪挥手与我作别的老态。我想起他去世的前一年，我回家探视，临走向他辞行，他倚着病榻，掩面痛哭的情景。他年轻时，是从不在儿女面前流露自己的眼泪的。他的哭和泪，像凄冷的秋雨，点点滴滴，泼洒在我的心头。

父亲的逝去，标志一个旧家庭及其历史的终结，一个新家庭的勃起。

父亲一生，涉世九十余载，历经沧桑，抑扬沉浮，风花雪月，阅尽世间炎凉。在这个大千世界，他把自己独具个性的一生溶入其中，并留下些许遗憾。

"春蚕到死丝方尽"

——献给母亲的一朵心花

（一）风雪人生

母亲是一位普通的旧时妇女。

她离开我们已经近六十年。

在这漫漫岁月中，母亲一直是缈远星空中那颗无名的星座，在熠熠繁星中，绽射着她独有的黯淡的光芒，一眨一眨地俯视着我们，从未停止过向我们传递她不变的爱。

母亲于 1952 年冬逝世。彻骨的严寒袭透我们的心。那年我十八岁，哥哥二十岁，下面的弟弟妹妹都在十六岁以下，最小的妹妹刚刚三岁。她的离去，无异于把我们这六个孩子的命运抛向冰冷的雪岩，摔得粉碎，就像摔破一件明洁脆薄的玻璃器皿，那么惊心，那么不可收拾。它改变了我们的一生，撕去了我们心中的那面旌幡。面对猝然而至的厄运，失去相依为命的母亲，令我们惘然若失，不知如何活下去。那时我们正值成长期，家境复杂，大孩子学业未了，小儿女生活无着，正需母亲的庇护和安抚，而且我们日渐长大，发展前景已微露曙光。

光阴荏苒，几十年过去了，后来的事，母亲一眼也没有看到。她没有吃过孙子孙女送到她嘴边的一勺冰激凌，没有尝到儿媳妇笑盈盈地端到桌上的可口饭菜，没有看到自己的儿女日后一个个成长为教师、公务员、知识分子，一色的对社会有用的劳动者和堂堂正正的人。我想，看到和听到这些，她会含笑于九泉的。

母亲不到四十岁便撒手人寰。她的一生被卷进那个令人窒息的人生磁场，任人碰撞和挤压，沉默地承受着岁月销蚀自己的生命。她眼巴巴看着父亲迎进一个个"红颜知己"，眼睁睁看着自己的领地一点点流失，蜷居在被遗忘的角落。哪个寻常女子能够接受和忍受这样的境遇和现实？她只能忍气吞声，人前强颜欢笑，背地啜泣呜咽。

母亲生性善良淳厚，心地仁慈，是一个传统意义上的贤妻良母，但命运剥夺了她相夫教子、操持家务的权利。她犹如摇曳于朔风中的枯叶，违心地充当这个互为排斥的胭脂组合的空头领班。在我的记忆中，没见过她和哪位姨娘跳着脚吵过架，没见过她暴跳如雷地和谁争执过，也没有听她在这几屋姐妹之间巧言令色、搬弄过是非。她好像是大家都能接受的缓冲剂和定心丸——一个清心寡欲、与世无争的稳定因素。

她对父亲的感情，毋庸置疑，当初是有的，而且十分挚笃。但经过父亲一次次的朝秦暮楚带给她的伤痛，她的情感波澜自然变得复杂，或变得有些夹生。在众人面前，这两位夫妻之间，更多的只有礼仪的性质。

懦弱？她曾无数次地叩问自己，并感自责。但在夫权为中心的威严之下，以及三从四德的精神束缚之中，她的抵御和抗争微乎其微，生命的锐气和尊严日趋钝化。她的愤怒和呐喊只有自己能听得到，一切烦忧化做吞咽的苦水。

究其一生，她最大的精神支柱和财富就是这六个儿女。也许，从一定意义上说，母亲从未刻意或言之凿凿地给我们多少修身养性或处世做人的说教。然而，她洁白良善的一生，始终成为制衡和指导我们人生轨迹的圭臬。

母亲，田荣芝，又名肃德，生长在一个略有资产的家庭。外祖父为二十世纪初沈阳城一位资深的中医，不幸早逝，留下孤儿寡母三人，相依为命。据说，当年外祖父病逝出殡，家中搭设大棚，和尚诵经超度，吊丧宾客络绎不绝。舅舅目睹此中情景，竟童真大发，里出外进，兴致勃勃，击掌连呼"好热闹，好热闹！"遭到外祖母的怒斥。可见当时母亲和舅舅年纪尚幼。

外祖父虽遗有一点薄产，但经不住有人巧言欺骗，为时不久，这些积蓄，便被盘剥殆尽。

父亲由日本留学归来，平步青云，颇得器重。父亲的发迹和他的英俊倜傥以及他的海誓山盟，自然得到了清纯挚真的母亲的青睐。于是，母亲被迎娶到了耿家，成了端庄秀丽而不会做饭的二奶奶（父亲上面有一位哥哥）。

后来，父亲别有新欢，移情别恋频仍，母亲深陷悒郁之

闺中淑女——初嫁的母亲

中。我们这六个孩子从幼时起，就一直是她赖以生存的支柱。而且，从孩提时代，我们就似乎懂得以迷离的眼睛和惴惴的心绪，去体察母亲的忧伤。应该说，婚后的头几年，母亲还算过了一些舒心的日子。不久，东屋妈进了家门，若干年后，西屋姨和南屋姨便纷至沓来。这个家，这个有限的空间便显得异常臃肿而膨胀，大家的心里似乎有一种咝咝的炽热和听不见的声音在碰撞。

她一个人做主妇的时候，虽称不上锦衣玉食、前呼后拥，但恬静的闺中生活，清风徐来，水波不兴，很契合她内向的精神需求。她没有某些富家妇人的那种懒散、骄纵和贪婪，也从未奢望独揽大家庭的权柄。她只满足于淡定地过自己的日子：孝敬公婆，敬待兄

嫂，以自己的清静无为，赢得全家上下一致的口碑——"二媳妇""二奶奶"真是个好人哪！

上世纪三十年代初，母亲随父亲寓居北平，住在西四牌楼附近的一所宅子。她既不邀人来打牌，也无兴趣频频光顾戏院去看四大名旦的出出京戏。父亲为她延聘了一位前清的拔贡，定时来家中为她讲授"四书五经"之类的蒙学课程。目的无非是以封建礼教启蒙和规范她，修身养性，恪守妇人之道。临窗的书桌旁映现两个身影：一个形容枯槁的干瘪老头，一个心不在焉的年轻女子。老先生摇头晃脑，满口子曰诗云，声音怪异；女弟子了无兴味，虚与委蛇。多年后，母亲谈起这段家馆时，仍绘声绘色地忆起那位学究先生的道学气十足的样子。

不久，陈妈来到母亲的身边。陈妈是河北省固安的一位乡村妇女，年轻守寡，守身如玉。从北平到沈阳，又从奉天（沈阳）至北平，长达十几年，她和我们结下不解之缘，阅尽我家的是是非非和兴衰沉浮。她成了母亲的重要帮手和可以倾诉衷肠的精神慰藉者。由于她的刚正和质朴，也由于她的善良和勤劳，没有人敢于小觑这位佣人。上至祖父，乃至全家老少，都要敬佩三分。我们兄妹则一直把她视为自己的精神偶像，把她当成感念终生的第二个母亲。陈妈印在我家的史页，刻在吾辈手足的绵绵思念之中。

哥哥在北平降生之后的两年，我在沈阳出世。又二年，弟弟降临人间。东屋妈和西屋姨相继登堂入室，母亲的境遇发生巨变。在被逐渐边缘化的演变中，她经历了一段与自己的命运相磨合的过程。

（二）舐犊情深

小的时候，我们很少跟母亲在一起逛街啊游玩啊什么的。倒是东屋妈领我们出去的时候居多。比如去"满毛"（一个大型百货商场）观看德国展览，其中有老虎头颅的真品标本，德国人在非洲探险（殖民行径）拍摄的图片等。去抚顺看赛马会，赴汤岗子温泉度假，上千代田公园（今中山公园）游玩，去北陵远足，都是东屋妈领着去的。其原因，大概是父亲执意认为东屋妈有文化，懂得教育孩子吧。而母亲也乐得退避三舍。这种约定俗成的"模式"，大约延续到一九四三年我们来到北平之时。没有自己儿女的东屋妈，和我们在一起，对于她也许是一种人生补充。

一个夏日，骤雨突至，倾盆的雨点噼里啪啦。正在繁华街区（今太原街一带）闲逛的我们和东屋妈，慌忙躲进一个茶食店避雨，吃着冷食小憩。不一会儿，雨过天晴。街头逐渐有人走动，地面上的积水缓声地流淌。我们耐不住性子，忙着跑出餐室到门口，一边用脚蹚着洼处的雨水，一边观赏这雨后的街景。

"啊，妈!"我们几乎齐声尖叫，向着左边痴痴地望着。妈妈和大姨两人撑着一把雨伞，挽着裤角，款款地走来。显然对这样的不期而遇，她们也觉得诧愕。我看到母亲脸上复杂的表情，看她似乎一副若无其事样子背后的凄凉。

"你们怎么在这儿?"她莫名其妙地问。

"我们在这玩儿。"

"东屋妈呢?"

"在里面呢。"我们用手一指。

她用胳膊把我们搂到一起,"你们赶紧进去吧,别走丢了。"然后不舍地转身,挽着大姨向前走去,留给我们的是一个母亲的背影和牵挂。

一串不解和困惑撞击我们幼小的心灵。"我们是妈妈怀里的孩子,为什么不能老是和她在一起?我们与妈妈为什么离得这么近,又隔得那么远,在这里却成了路人?雷大雨急的时候,我们在餐室里吃冰激凌喝汽水,妈妈在干什么呢?"

那一阵急雨,那一片雷鸣,在我们幼时的记忆中,聚焦成母亲留给我们的挥之不去的酸楚。

由于意趣接近,年龄相仿,大姨时常成为母亲聊天、逛街、购物、看电影的伙伴。她的经济状况不及母亲宽裕,母亲就暗地接济她一点。她悍直泼辣,有主见,时而为母亲排解一些烦恼。

她们结伴去当时有名的吉顺丝房选购绫罗绸缎,到离家更近的源丰茂绸布店买衣料,并就地由一位熟识的裁缝量体裁衣。她们喜欢在一家凤凰理发店烫头理发,因为那里有上海时髦的款式和手艺非凡的理发师。回家后,仔细端详,如果发现过于时髦或样式有些

怪异，她们就会悄悄地赶
紧冲洗掉，以免被家人议
论和讥笑。

看电影是妈妈一大
爱好，也是她娱乐和消遣
的重要方式。那时虽是伪
满傀儡政权，但电影院放
映的绝大部分电影，都是
来自上海的影片。胡蝶、
龚秋霞、陈云裳、顾兰
君、周曼华、李丽华等名
噪一时的影星，母亲都耳
熟能详，津津乐道。

母亲和三个儿子。右蹲者为大哥，
左蹲者为二哥（作者），母抱三弟。

母亲在孤寂和愁苦时，常低声吟唱的《秋水伊人》，便是龚秋
霞在《古塔奇案》中主唱的。由陈云裳和梅熹对唱的《月亮在哪
里》，是脍炙人口的电影《木兰从军》的主题曲。顾兰君以饰演悍
妇或侠女见长，记得在《荡妇》一片中她扮演的那个主人公，年轻
时曾为歌舞红星，骄奢淫逸，后来竟沦落为穷困潦倒的乞妇，在灯
火辉煌的剧院门口，弯腰拾捡烟蒂，颇有点警世之意。李丽华的影
片常有一些歌舞成分，娇艳而浮华。

母亲最喜欢的女演员，恐怕非胡蝶和周曼华莫属。胡蝶的大家

母亲与东屋妈（日本人）及孩子们。
端坐者右为母亲，左为东屋妈。前排立者，右为大妹，左为二妹。
后面男孩，自右到左为：大哥、三弟、二哥。摄于1942年。

闺秀、雍容华贵以及她的温柔敦厚，堪称独步影坛。周曼华则娴于扮演楚楚可人的小家碧玉或身世凄苦、厄运缠身的女性。她的古装戏《碧玉簪》以及《金粉世家》中的冷清秋，可见一斑。

那时，上海影业有一部鸿篇巨制，名为《博爱》，荟萃上海电影界名流，胡蝶等海上众多明星皆加盟献演，阵容空前，堪称洋洋大观。此片由一个个相对独立的人生故事组成，意在提倡社会相善，人与人之间崇尚博爱与互济。我记得，其中有一则小故事是一个盲人和一个瘸子，互为邻居，但平日因琐事而不睦。一天，房子突然失火，熊熊烈火中，二人摒弃前嫌，互助互济，最后由盲人背起瘸子逃离险境，获得重生。由于年代和当时的社会形态，这部影片的思想性和艺术性有一定局限，但在那时的东北都市的观众中却引起相当的共鸣，成为一时之盛。妈妈看了这部电影，感触良深，回家后时常唠叨影片里的人物和情节，并与大姨等姐妹对女明星评头品足，颇为赞赏。

妈妈常去的电影院有"亚洲"、"光陆"、"天光"三家。那时，亚洲电影院有一位领座员，是个年岁不小的老头，待人谦和热情。妈妈每次去，他都尽可能地把包厢或较好的座位预先留下，并且把一大摞花花绿绿的"新片预告"，以及正上映影片的"故事梗概"、"始末"、"本事"之类的宣传材料，奉送过来。这种服务当然会激发观众热切期待和关注下一部影片的上映。母亲对他的殷勤招待，时常给一点儿小费，表示酬谢。

妈妈看电影的时候，常带一两个大孩子同去，因此，耳濡目染，我很小就成了一个"电影迷"。时至今日，年逾古稀的我，忆及三四十年代看过的影片，仍然可以不假思索地历数许多影片的名字和诸多演员的姓名。

我记得，小时候到电影院，我最害怕三个男演员的电影：王献斋、洪警铃和章志直。王献斋，心狠手毒，窝藏祸心，而不动形色。洪警铃，端肩缩脖，贼眉鼠眼，而阴气逼人。章志直，横冲直撞，蛮横凶恶，而欺凌弱小。每看到这三个人在银幕上出现，我总是条件反射地闭上眼睛，或蜷缩起双腿，把两只脚提得尽可能的高，以免被他们拽了去。

有个电影叫《小天使》，是一部伦理片，描述的大概是身处逆境的幼小手足兄弟姐妹互助互济的故事。母亲专门带领哥哥和我去看。小演员的挚真表演、剧情的引人入胜，令我们感动不已。回家后，母亲一遍又一遍地跟我们一起唱片中的主题曲《雁群》："青天高，远树稀；西风起，雁群飞；排成行列整且齐；展翅高飞，长努力；好像我姐姐弟弟，相亲相爱永不离。"曲调悽恻，寓意隽永。数十年后，片中的故事情节多已淡忘模糊，但在一次家庭聚会上，满头银发的哥哥仍然能够用略显生涩的声音唱起"好像我姐姐（哥哥）弟弟，相亲相爱永不离……"一曲惊四座。

生二妹的那天清晨，街上阒无一人。大姨领着哥哥和我在朦胧曙色中，过大街进小巷，好不容易找到了姥姥和舅舅的家。嘭 嘭 嘭 嘭 嘭 嘭，不大不小的连续敲门声，把街坊四邻都惊动了。舅妈披着衣服："咦，你们怎么来了？""我们来给大姨报喜来了！荣芝生了个漂亮的女孩！"大姨笑逐颜开地说。"同喜，同喜。"姥姥舅舅同声回应。舅妈从角落里拿出一篮早就预备好的鸡蛋，这是产妇必不可少的食品。那个年代，东北人成了亡国奴，什么东西都实行"配给制"，鸡蛋可是稀缺的东西。

　　熟鸡蛋熬小米粥，这是东北妇女坐月子食用的传统佳品，白是白，黄是黄，有一种淡淡的醇香。妈妈静静地躺在床上，等待着陈妈熬小米粥。新生的二妹闭着眼睛酣睡。一锅小米粥煮鸡蛋熟了。"我也吃！"弟弟凑近锅边第一个提议。看到我们哥仨和大妹迫不及待地张嘴要吃的样子，妈妈告诉陈妈："他们想吃，就让他们先尝尝吧。"这一尝不要紧，每个人两个鸡蛋，两三碗粥，唏哩呼噜，片刻吃了个锅底朝天。陈妈只好又重新给妈妈熬一锅蛋粥，而母亲却露出了笑容。我们哥几个后来一直喜食煮鸡蛋，乐此不疲，恐怕即缘于此。

　　家里有个惯例，每天的晚饭大家庭集中开饭，各屋人员尽量参加。此外，夏天晚上，大西瓜切成一角一角的，放在大托盘里；冬日晚上，带冰碴的冻秋子梨（东北特产）放在大盆里。大家随意到爷爷奶奶房中去吃。其余小灶或零食各行其是，各随其便。父亲是几天见不到一面，即使偶尔在家，也不和大家一起吃饭，更不在母亲房里住。我们放学回来，吃罢晚饭，也没有什么非做不可的作业，于是，我们这屋自有一番别处没有的热闹。洗好了苹果，削好了梨，一人一个或是分给半个，放在嘴里之前，总会想着跑到妈妈和陈妈跟前，把苹果或是没有动过的梨举到她们嘴边："吃我的一口！"或是争着喊："先吃我的！先吃我的！"因为，我们早知道"孔融让梨"的故事。这时的她和她常常是假装用嘴唇碰碰水果，然后说上一句"真甜"或"好酸"，再"完璧归赵"。妈妈愿意这样，因为她知道这是孩子们"仁义"的表现。陈妈也感到欣慰，因为她收到了孩子们对她的挚爱。

高兴的时候，妈妈会像大朋友跟小朋友似地，和我们一起玩乐。"'兴字头，林字腰，大字底下架火烧。'这个谜语打一个字，那个字是什么？"母亲盘着腿，坐在暖和的炕上，我们则姿态各异，横躺竖卧。陈妈在地板上转悠，摸摸这，碰碰那，拾掇屋子。我们猜不出来，因为我们根本没见过这个字。"爨（cuàn）！"，妈妈拍着我们的脑袋破译道。"再来一个。"哥哥似乎有信心猜对一个。"'米田共'是什么？"——"粪"。哥哥真猜对了（"糞"是繁体字）。这时看到我们中有的人开始不耐烦，你推我，我拱你，有点小动作了，妈妈提起嗓子："西女门中市，言青山擦山——什么？"看大家莫名其妙，母亲抢先揭底："要闹请出。""哈哈哈"全都笑了。

三个男孩，在家里活动的空间也就是前后两间屋子，还有那个不算小的院子。显然，不够我们施展拳脚的。晚间，我们在院子里出游，往往是老大、老二、老三的排行顺序，成纵队行动。因为昏暗，心里有点悚然，所以老大先行，老二次之，老三尾随。我这个老二，也就乐在其中了。弟弟披着一件黄呢子黑绒领的斗篷，手持一把木制宝剑，在院子里东跑西窜，着实要弄得威风凛凛，自比黄天霸。呆得无聊时也会无事生非，哥仨会闹出点儿小磨擦、小纠纷。事后，哥哥会以长者的口吻——安抚这两个小兄弟："还闹不闹了？小P！""还闹不了，小H？"我俩不情愿地回应一句："不闹了。"——这段小插曲就算了结。

母亲对这类琐事也不深究细问。她自己的烦心事已经够多了。但有的事情却惹得她非拿起"笤帚疙瘩"不可。有一次不知为什么，这三个小男生争执起来，你说这样，他又非说那样，争得面红耳赤。这时有人叫道："你不是我妈生的。我才是！"另一个孩子争辩"你是捡来的。我才是我妈生的！"由于说到疼处，急得泪都流出来了，呜呜地哭起来。谁能说自己不是妈妈的亲生孩子呢？谁能把自己和连心连肉的妈妈分开呢？妈妈从外面回来，看到这场荒唐的辩论，气得由炕上抓起扫床的笤帚，抡起来往每个人的屁股上猛抽两下，然后无力地坐到椅子上，"谁让你们说这些混账话？谁是我亲生的孩子，我比谁都知道！你们都是我的肉，都是我的心肝，都是从我肚子里养出来的！"她的眼角漾着泪。看见妈妈真地生气了，我们顿时没了主意，围到她跟前："妈妈别生气了，我们再不说这些话了。"

她没有亲眼看到往后的几十年。直至今天，她的这六个儿女和她这支队伍的向心力和凝聚力，是多么强固。她留给人间的这三个男孩和三个女孩以及由他们组成和繁衍的家庭，是多么和睦和康馨。一九五八年，风华正茂的这六个人，曾在故乡沈阳的照相馆拍了一张合影，照片的上端写着几个字："我们在一起。"其实，它的另一个标题藏在我们每个人的心底，应该是："献给我们的妈妈。"

（三）纸叠的伊甸园

父亲曾经给每一个妻子起一个芳名雅号。给母亲起的名字是"肃德"，这是一个道学气很浓的符号。意为你既为大夫人，就应端庄肃穆、清心寡欲，讲求为妇之道。这无异又给她加封了一个"紧箍咒"。

然而，父亲做事似乎又有他的章法和准则。他在这个多元的离心家庭结构中，操纵杠杆，力求取得某种平衡。这是他自己认为区别于其他类似家庭的地方。另一方面，也不能说他对母亲的情义已消失殆尽。以母亲的品德情操，以她生育的这许多儿女，其家庭地位和分量也不容轻视。

有一位叫老黄二姨的妇产医生，孀居多年，衣着装束素雅大方而得体。我们兄妹几人都是由她接生的，她也成了母亲的家庭医生和挚友。她每次来访，母亲必盛情招待并细诉家常。偶尔见到父亲，她会盛赞母亲高洁的人品，养育孩子的不容易，并直言不讳地告诫父亲切勿再谋新欢，给家庭造成累赘。这时，平素恃才傲物、气势张扬的父亲，也会唯唯谦和地聆听她的劝告。

父亲平时不与母亲共同起居，忙于外面的商事活动及各方面的酬酢之事，几天不在家露面，也是常有的事。但逢年过节，他却拨冗在家，张罗过年过节的事宜。

除夕那天的下午，东屋妈那边的王妈便把父亲那套硕大松软的缎面棉被以及长寿枕之类的铺盖抱来，交给陈妈。农历大年三十的晚上在母亲房中宿夜，已经成为父亲经年不变的定例。但后来，这项举措即自消自灭了。

大年初一的早晨，是全家拜年贺岁的时刻。母亲、东屋妈和伯母、大姨以及伯父的女儿晓舫姐等一干女眷，都穿着簇新喜庆的衣服，头戴大红簪花，跪在垫子上扁身文雅地给爷爷奶奶磕头。父亲和伯父穿着黑色或紫红色的团花锦缎皮袍，恭谨虔诚地向自己的父母俯首叩拜。然后，父亲朝着伯父下跪："我给哥哥拜年了。"这时的伯父一脸的肃穆，两手下垂，侧身而立，上身前倾，含笑地说："行了，维耕。"我心里想：弟弟怎么还给哥哥磕头？轮到我们给爹妈拜年时，他俩并排坐在椅子上，母亲神情凝重。看到我们作揖磕头的动作拙笨，父亲口中唸叨："百事百顺，事事吉顺。"

后来，长大了，我想这也许就是中国封建宗法式的伦理和礼教，但能医治多少旧家庭深处的痼疾呢？

夜晚，各房的屋檐下都悬挂着红灯笼，大门和花墙（相当于二门）以及通道的两旁也都按置一对对的更大的落地灯笼，一直点到深夜。在清冷的寒夜中，它们辐射着幽幽红晕，折射出这个家庭只有在过年时才有的安宁与和平。

不能说父亲对母亲完全失去了旧日的感情，他的情感世界只是被分割得支离破碎。他知道无法改变她在家庭中的地位。

1940年，父亲和母亲的合影。

有一年，母亲体弱无力，咳嗽，疑为患上肺病。父亲知道后，马上到这边嘘寒问暖，面带忧色，并且很快领她到父亲的朋友、医学专家魏大夫的私家医院去看病。那天我也跟着坐小汽车前往。魏氏医院十分雅静，是由四面皆是西式洋房构成的四合院。庭院的地上铺满青苔，墙上则密布绿意盈盈的爬山虎，院墙的一角有鸽笼和兔舍，一间屋子还养着一些小白鼠。

魏大夫热情地接待了这位得以一睹芳颜的嫂夫人，护士们也彬彬有礼。经过一系列的检查后，魏大夫诊断，只是肺纹理增强，略有浸润迹象，至于肺病之说，并无大碍。他慎重地开了一些药，让我们带回去。在这个过程中，父亲始终体贴照顾，服侍左右。这天，父亲还和母亲在照相馆照了像，一起去饭馆吃了顿大餐。这是我记忆中，父母在一起少有的弥足珍贵的几个镜头，我把它们珍摄心中几十年，而鲜亮如昨。

父亲年轻时讲究穿戴，而且审美和鉴赏能力也非一般。无论西服或中式服装，穿上去都极为得体，独具风采。他曾经有过许多西装，包括燕尾服和小礼服以及猎装（休闲、旅游、打高尔夫球）。这些西式服装，从收藏、管理到穿用、替换，皆由东屋妈那边负责。

绫罗绸缎、长衫、皮袍、中式大衣等一应中式服装，概由母亲这边收管。不同季节，不同场合，因时因地，他要穿什么、换什么，口信传来，就得立刻去办，拖沓延时，他会不悦，这是他的脾气秉性。

那时，冬天没有暖气，家里都是生火炉，烧热炕，或是烧火墙。东北的冬天漫长而严寒。父亲虽然不常和我们在一起，但他几乎每年冬天，都要亲自到妈妈房中为我们清理烟筒。火炉烧煤，日积月累，烟筒的烟灰会越积越厚，排出煤烟不畅，容易煤气中毒。父亲会不期而至，穿着一身陈旧的衣服，戴上手套，到我们这屋来；打开窗户，卸下几节烟筒，拿着用长竹竿捆成的鸡毛掸子，在门前的院子里像个清洁工，清扫烟筒。他动作敏捷利落，一反常态，完全没有平日的"绅士"风度。不消多时，就清扫完毕，重新安装到位，脸上自然沾上不少黑灰。母亲给他准备温水洗脸洗手。洗罢，他和母亲和陈妈说上几句话，便匆匆离去。这是他的特质风格。本来，这点事情是无需他亲自动手的。

家里的孩子多，事也就多。虽然我们这些孩子在成长过程中还没有出现什么大的病症，但头疼脑热、咳嗽感冒之类的小病总是会有的。比如，我小时嘴唇总是发干，日久唇部就会出现黄痂，难受得很。父亲就力主让我常年吃"消干散"，颇为奏效。

父亲懂得一些医学，他看我们都有便秘（大便干燥）的毛病，就定期让我们吃"蓖麻油"。说起蓖麻油，对我们可是个谈虎变色的事，这种东西难闻难喝呀，简直就是灌。灌蓖麻油那天，父亲必定亲自督战、视事。我们几个依次进行，每人都在脖子上围上白毛巾，就座待"刑"。母亲哆哆嗦嗦地捏住我们的鼻子，父亲生硬地掰开我们的嘴，拿着盛满蓖麻油的汤匙，压住舌头，硬往嘴里灌。畏于父亲严厉的目光，我们不敢违抗，只有无奈而已。

父亲买了一套往嗓子喷射硼酸的器皿，用来缓解和医治咽喉疼痛及发炎。于是，妈妈的前屋就成了诊疗室。酒精燃火，烧瓶，喷雾器——缓缓的硼酸气雾直接喷射到嗓子里，有一种说不出的香味。执行医生当然还是父亲。

父亲开设的一个商号，与我家宅院之间有一条马路，虽不是通衢大道，却也车辆行人络绎不绝。有一天傍晚，哥哥由家里去对面的商号玩，只顾飞跑，却忘了右面疾行的自行车，摔倒在地，腰部被撞伤。这惊动了四邻，围观者众。骑自行车的人也不敢走。这时，柜上一位襄理跑来向父亲报告，该如何处置。父亲听后，一脸的平静，告诉他，孩子只顾疯跑，顾左不顾右，缺乏常识，有一定

母亲和陈妈，母亲怀中是大妹。陈妈是母亲的好帮手，
是我们心中的第二个母亲。

责任；对方年轻气盛，粗心大意，骑车冒失，更有责任。所幸伤势不重，让人家走吧，别耽误人家的事。父亲手下的这位属员，虽困惑不解，还是照父亲的意旨，让那位肇事者走了。人们议论纷纷，怎么轻易放走那人了，不让他掏医药费，也得严厉地教训他几句呀！回到家，只见哥哥腰部淤血，妈妈和陈妈赶紧给他敷药、缠绷带，过几天也就没事了。

大概哥哥仍在上小学的时候，一位同学到我家玩捉迷藏的游戏。双方一藏一捉。那位同学突然想换一个新的隐藏处，不巧，父亲却不知情地出现在他身边。没想到，这个男生竟跑出来向父亲问好，父亲笑问他"贵姓"，他大方地回答："免贵姓王。"事后父亲对母亲极为夸赞这个男孩懂礼貌，还说咱们的孩子不会懂得"免贵"的意思，缺乏这方面的教育。

后来，母亲要哥哥专门请王姓同学到一个清真饭馆吃饭。他虽如约到来，却不肯入座，撒腿用百米赛跑的速度跑开了。这位同学几十年后成了大医院的医生，哥哥曾和他晤面。此乃后话，母亲已无从知道了。

（四）困顿与多舛

一九四三年春，母亲领我们和陈妈来到北平。此前，父亲和西屋姨、东屋妈已先期到达，住在西四牌楼附近的一个约有十数间房子的四合院。二门外的几间权作经营海陆杂货批发业务的办公室。二门内有个庭院，正房的东西两侧各有一个小跨院。由于我们是最后一批到的，只留给我们东跨院中的房子和一个长方形庑廊。东屋妈住在西跨院，西屋姨住在西厢房，地方都比我们的大。我们哥仨晚上在正房的客厅里搭板铺睡觉。

那时，东北地区隶属于日本傀儡政权伪满洲国统辖，北平则隶属于日伪华北政务委员会。一般群众的社会环境和生活环境略有不同。

东北的老百姓平日只能吃粗糙的高粱米，买卖或偷吃大米、白面者会以"经济犯"的罪名吃官司。到了北平，我家日常的主食是小米、玉米面或伏地面（一种略粗略黑的本地产的白面）。这对我们，需有个适应和习惯的过渡。听说，我们来之前，北平地区的人们，由于闹饥荒，曾经吃过一阵子"混合面"（由榆树皮、玉米面等混合而成），人们怨声载道，我们幸亏没有赶上。

那时，奉天（沈阳）的中小学生，被要求每天上学时须在制服的裤腿扎上"绑腿"（也叫"腿篷"），像军队的士兵一样，而北平的学生则没有这一套。伪满的学生有时会戴上"呼吸囊"（扣在嘴和鼻子上的小型口罩）以防传染，而北平的青年则时兴在面部戴上白纱大口罩。北平的女青年以出门骑一辆坤（女）车代步为时髦，而关外则很少见。

我们兄妹分别插班进入北平的小学。这个学校没有傲气十足的日本教师，可能是还没来得及把深度的奴化教育渗透到教育基层。教日语课的多为刚学三两个月日语、速成班出来的老师，现趸现卖。有一天，在日语课上还闹个笑话。老师点名叫我这个新生念一段课文。我并不费力地念完之后，按照过去在东北的旧程序，脱口用日语说了一句课堂用语："意一得伊斯嘎？"（意为：我念的或回答的内容，对吗?）一时间，教室里了无回应，全班愕然，连老师也不知道我说的是什么。我站在那里愣了一会儿，才尴尬地坐下。这说明关内的奴化教育还没深化到关外的那种程度。

我们到北平后，第一个拜访的是姑奶奶一家。她是祖父的三妹妹。这个书香门第，这个老北京人家，充满翰墨气息和文化氛围。姑爷温文尔雅，姑奶淳厚热忱。三位表姑皆为知识女性。这个家庭凝固着故都北京传统平民文化的特质。在姑奶家第一次吃北京的炸酱面。烹炒煎炸的热菜不多，倒是盘盘碟碟的菜码琳琅满目，豆芽菜、青豆嘴、黄瓜条、竹笋、熏豆腐干之类，一一端到桌上。炸酱用的是北京特有的黄酱，而非东北的大酱，拌上面吃到嘴里醇香可口。我们特意到表姑们住的房间呆一会儿。屋中虽无贵重的摆设，但书架、写字台、风琴、墙上的风景画、床头的洋娃娃以及方桌上摆着的象棋和跳棋，都给人一种清雅的感觉。它告诉你，这是一个远离尘世的清纯的女生宿舍。

表姑们知道母亲的处境，对她有一种无言的同情和格外的尊重，二嫂长二嫂短地，让母亲感到少有的慰藉。

表姑们送给我们一些书籍，其中包括《名人之芽》，介绍世界各国的名人，如华盛顿、爱迪生、俾士麦等人幼时的趣闻轶事，我们读了饶有兴味，留有深刻的印象。歌德的名著《少年维特之烦恼》，我后来才看懂，当时翻阅，只知道维特和夏绿蒂有这么一段恋爱故事而已。妈妈也看了这本对她来说充满清新感的书。

表姑送给妈妈的书里面有《爱眉小札》和《象牙戒指》。《爱眉小札》写的是才子佳人的罗曼蒂克，徐志摩和陆小曼悱恻缠绵的情史，文笔潇洒轻灵。这位自由派诗人的笔墨，挥洒到了极致。

《象牙戒指》是著名女作家庐隐脍炙人口的以真实题材为基础的小说，叙写了二十年代，革命者高君宇与浪漫才女石评梅的悲怆恋情。母亲以一个情感细腻、涉猎过爱情甘苦的女读者的眼光，去读这些书，领略这样作品的内涵，感伤之余，自然会生出几许人生感悟，扩充了自己的情感世界。

这个时段，母亲看电影的机会少了。看小说，进入小说中人物的悲欢离合，成了母亲排遣寂寞、寄寓闲情的载体。这些书的来源，除了表姑们之外，还有北平女师大的学生白洁。她是我们聘请来的家庭教师，黑红、纯朴的脸庞，并不时髦的短发，毫无矫饰的谈吐。母亲很喜欢这样的年轻女学生。上完课，母亲跟她聊天，神清气爽。

这段时间，母亲看了张恨水的不少小说，有《春明外史》、《金粉世家》、《啼笑姻缘》，还有《落霞孤鹜》等。她都手不释卷，牵肠挂肚。丁玲的《莎菲女士日记》、庐隐的《海滨故人》这类新派作品，也引起她的兴趣，因为这里面有现代女性的信息和身影。

自从到北平，母亲的日常用度和开销明显减缩，自己也刻意节俭。但她心里明白，自己还有点家私，一点"不足为外人道也"的积蓄。对未来家庭可能的变迁衰落，她并无铭心刻骨的惶恐，但是，天有不测风云，人有旦夕祸福……

第一个让她心惊肉跳的事，发生在由奉天（沈阳）来北平的火车上。母亲、陈妈领我们几个孩子，衔父命由两个属员护送赴北平。当时的火车行驶极慢，两地之间要花一天一夜的时间。火车咣当咣当地爬行，车厢里灯光暗淡，人眠马乏之际，午夜时分，火车抵达山海关。那时关外是伪满洲国，关内属华北伪政权。山海关地处边界，设立海关口岸。几个穿着制服的人上车，看见我们一行行李不少，令我们打开包袱，掀开箱子，"严行"检查。他们发现母亲携带的一些金玉首饰，当即板起面孔宣称："这些东西，旅行中不能携带，必须没收充公。"说着就动手欲强行掠走。随行的人曲意哀求他们高抬贵手，开恩放行。这伙人却气焰更盛地硬说这些首饰是违禁品，非要没收不可。这时母亲瘫软在一旁，声嘶力竭地抗议："这是妇人家的家庭私物，怎么会是违禁品？个人财产怎么能没收？"尽管喧闹一场，最后这帮飞扬跋扈的家伙，还是将这些钻石、翡翠、足金的金镯，悉数刮敛而去。母亲痛心疾首，啜泣不已。

事后，父亲派人前去交涉，力促他们回心转意，完璧归赵。但他们推拖延宕，致使无果而归。最后，此事不了了之。此外还有一件令母亲懊悔不已的事。十年前，由北平携褓褓中的哥哥回沈阳时，曾将一些首饰存放在一位年长的同姓朋友家中。经过火车上被巧取豪夺之后，母亲于心不甘，便委婉地向这位道貌岸然的兄长提示，希望他记得并且归还这些东西。本来物归原主是理所当然的事，但这位先生考虑数月，才委人带给母亲一方手绢。打开一看，母亲目瞪口呆，除了零七八碎的不值钱的珍珠、玛瑙、珊瑚之外，原本在盒子里较贵重的首饰全都不翼而飞。唉，良心竟是这么回事，朋友竟是这样的东西！母亲又吃一次哑巴亏。

果真应了"福不双至，祸不单行"这句俗话。我们离开沈阳后的几个月，大约是在一个早晨，沈阳打来长途电话。那个年头，打"长途"可不是一件寻常的事。那边是伯父的声音："维耕，我告诉你一件事，你千万不要着急。昨天夜里，二奶奶的后屋被盗了，失窃了！房门被撬，屋顶的天窗也被撬开，八个皮箱的东西差不多全被盗走了……这些伤天害理的王八蛋……"父亲冒出冷汗，颤抖的手差点把话筒扔到地上。母亲知道后，失魂落魄，坐卧不宁，整日躺在自己屋里，呜咽着以泪洗面。

这八皮箱东西是她多年的心血、多年的积蓄，是她赖以安身立命的最后家当，箱子里面藏着她的"蓝图"。一旦在北平过不下去，还可以回老家凭这些资产糊口度日。孩子日后长大，男婚女嫁，这些东西必会派上用场。临离沈阳的时候，她和陈妈整整忙活了几天，分门别类，亲自把它们装进箱子里，压了又压，挤了又挤，唯恐装不下。成匹的绫罗绸缎，高级衣料，灰鼠、貉绒、狐腿、水貂的皮袍皮袄，水獭领子，以及其他细软……"这件给大儿媳妇，那件给二儿媳妇，这件是三儿媳妇的，这些都是给女儿当嫁妆"，如今成了竹篮打水一场空，釜底抽薪，全成泡影。这无异于置母亲于绝地。

而且，这个来得如此唐突的事件，令人疑惑丛生：一、母亲素来在家里家外都是一个端端正正的好人，有口皆碑，从未与任何人结怨成仇。为何这场抢劫式的偷盗直指母亲？二、从这次窃案来看，歹徒们门径谙熟，砸门破锁，手到擒来，如探囊取物，显系蓄谋经日，有备而来。那么，此伙大盗究竟是何许人也？三、伯父的居室与母亲的住房相毗邻，盗贼肆无忌惮地抢掠，能没有一点儿动静吗？为什么无人发觉、制止或及时报案呢？母亲疑云满腹，百思不得其解，但碍于各方面的因素，不敢想下去，只能喟叹自己命运不济，遭此无妄之灾。

母亲在经济和精神上频遭创伤，而家庭风波也连连令她沮丧。

前院的柜上有一个新来的小伙计，是由孤儿院招来的，也就是十七八岁的样子，叫常志华。由于知道他的身世，我们对他都很同情，对他很客气，相处得不错。哪知道有一天，大概是家里分什么东西，由他跑腿分送。他对别人说：东屋太太的送完了，西屋太太的也送去了，只有小屋太太还没送呢。恰巧，我和哥哥在不远的地方，听到他这么说，立刻气炸了肺。怎么这么说话，这不是侮辱人吗？我妈怎么得罪你了？"常志华你下次注意点，什么叫小屋太太，有你这样说话的吗？连个规矩都不懂。真是没有家教！"这话也许刺到他的痛处，他也火了："不叫小屋太太叫什么？我愿意这么叫，怎么着？"没想到，这个平时老实巴交的小常，这回却犯了一根筋，梗着脖子死不认错。看到这场争执把太太扯了进去，两位年长的店员赶忙出头劝止，把事态压了下去。回到房中，我们心情忐忑地把这件事告诉了母亲。听了原委，她也很恼火，心想妈妈窝囊，孩子才会在外面受气。我们心中不平，掂量再三，又去父亲那里告状。父亲并没有评判事情的是非曲直，却发表意见说："这说明你们没有能耐。下回你们不会管他妈叫小脚太太吗？看他高兴不高兴？"

然而，我们没有再去和志华抢白，因为我们明白，他未必知道自己母亲在什么地方。

从前，虽然西屋姨已进家门，但未与家人在一起住过，而是租房别居。搬到此后，与大家的接触渐多。她年轻，略有文才，充当少妇角色，对她尚显陌生。

她住的西厢房与宅子里的厕所邻近，中间只隔一道板墙。有一天哥哥"内急"，急欲去厕所方便，就贸然推开她的房门，莽撞地喊叫："姨，快给我手纸，我要上厕所！"西屋姨当时也许正一边饮茶，一边看书，听到这么说，心感不悦，漫不经心地说了一句："怎么上我这儿要手纸来了？"哥哥碰了个软钉子，没趣地转身就走，嘴里嘟囔了一句什么。又是玩耍，又是上学，事后哥哥早把这事忘到脖子后头。

两天后，是个星期日。父亲领我们三个男孩去太庙（今劳动人民文化宫）憩游散心。这里没有北海、颐和园那么热闹，游人稀少，除了几座造型刻板的拙朴建筑物外，青森的古柏营造出清雅静穆的氛围。

我们在紧挨故宫护城河的柏树林里，捡一个茶座坐下。我们和父亲在一起时，一向拘谨。喝着茶，他问了问我们学校的情况，又比古论今地对我们进行了时而有之的家训。然后，朝着哥哥问："那天在西屋姨房里，你说了什么不礼貌的话吗？"哥哥一时语塞，想不起说了什么不该说的话。听到他说"我没说什么呀"的强辩之辞，父亲单刀直入地质问："你是不是说过，要是我爹来要，你也敢说没有？——这样的话？"尽管父亲的语调一直很和缓，没有严加追究的意思，但哥哥心里始而紧张，继而沉重，因为他不想再给妈妈添乱了。

妈妈的几句话，化解了父亲心中的疙瘩："一个愣头青孩子，说话有什么谱儿，就是说得不当，他姨也不会介意。你何必费这份心思。"父亲默然。他素来是最讲究规矩礼节的。

于是，大家都认为，这是由于缺乏交流和沟通而产生的误会，是大家庭生活中少不了的一个小插曲。烟消雾散。

在家庭圈子里，母亲的人缘极佳，是由于它待人和善真诚，不势利眼，因而受到同辈姐妹的赞许。祝氏大姑是父亲的表妹、奶奶的娘家人，平时走动不多。那年秋天，她来北平家小住，适逢父亲不在家，母亲与她相处了近两个月。

祝大姑年近三十，仍孑然一身，待字闺中。她生性内向，不善与人相处，但为人善良。她耽于粉黛修饰，每日用于梳妆的时间不少，永远是修长而纤细的眉，永远是胭脂敷面的香气。母亲随和地对待这一切，竭力让她在这段客居的时光充满愉快。

祝大姑手巧，很会刺绣。母亲便买来彩线、绣针、竹绷子和布料，挑选样子（花鸟鱼虫），决意跟她学手艺，做副枕套。不及一月，在祝大姑的指点下，枕套应时而生。

她还给我们留下一个"典故"，至今在我家流传。大家在一个饭桌上吃饭，如果有客人，免不了有人会给他夹菜。常见的情况是：来者不拒，笑而纳之；或是敬谢不敏，婉言拒之。而她采取的方式却出现了尴尬。妈妈有一次给她夹了一箸认为她喜欢吃的菜，她却端着饭碗扭过身子作逃避状，结果那箸菜掉到桌上，油汁溅到了她衣服的前襟。对于喜欢洁净的她，岂不是一件懊恼的事？由此，我家聚餐有人给别人夹菜时，常会引经据典地念叨一句："可别学老祝大姑啊！"

史家的表姑们很少到我家串门。清高绝尘的二表姑芳龄早逝，大表姑忙于工作，无暇走亲戚。正在上大学的三表姑有次骑车造访我家，让母亲高兴不已。但临事仓促，一时来不及置备一桌像样的饭菜，款待这位稀客。怎么办呢？母亲颇费踌躇，想着这位大女孩平素并不钟爱鱼肉荤腥，于是说："咱们炸素丸子吃，好吗？"三表姑眯着她的凤眼说："好哇！"这样，平时远离厨房且不会做饭的母亲，竟挽起袖子，和厨娘一起站在炉台边炸起了豆面丸子（内有细碎的粉丝和红萝卜末）。饭桌就设在正房前面的廊下，边炸边吃，炸出一盘送过来一盘。直到三表姑喘着气笑说："吃不下了，肚子都撑坏了。"这顿快餐才算结束。

临了儿，装了一大包素丸子放进车筐里，由她带回家去，让姑奶奶也尝尝。可惜，曾经用手戳着弟弟的脸蛋，说"小怪样，小怪样"的三表姑，在 1948 年末，因肺病离开人世，距辅仁大学毕业仅差几个月，令人嗟叹。

1946 年。父亲回沈阳处理商业残局，有些商号已陷于倒闭。父亲的生计沦于低谷。

有一位远房亲戚，属于侄辈，自外地到北平，前来拜访。母亲只好出面接待。这位虽属晚辈，但年纪只逊母亲几岁，而且老于世故。尽管初次谋面，但不便怠慢，遂设便饭款待。为表示待客殷勤之意，略备薄酒飨客。宽绰的饭桌，摆上几盘荤素搭配的菜肴，客人独饮独酌，一人进食。母亲则在离他几米远的一把座椅上，一面摇扇，一面和他落落大方地谈话。神态雍容华贵，谈吐舒缓自如，正襟危坐，仪态端庄，让人想像不到她只是一个三十多岁的家庭妇女。我曾目睹此番情景，使我感到旧时代妇女的闺秀风采。

接着，我家发生了一起颠覆性事件，来得突然，令人瞠目。那天我们已经上学，一阵莽撞的敲门声，紧接着进来几个穿便衣却自称是军警方面的人，气势汹汹，飞扬跋扈，指认父亲和东屋妈有"犯法"行为，并把他俩带走。父亲感到极度震惊，又感觉莫名奇妙，不知此事的缘起由何而来。母亲和西屋姨则六神无主，惶惶不可终日。我们这些孩子心里因此蒙上一层阴影，深感这个本已畸形的家庭更加风雨飘摇。

当时我已习惯于每天看报。第二天展读报纸时，我发现在一家报纸的社会新闻栏中有一则披露此事的消息，不大的标题是："赵逆欣伯之内弟隐匿日妇"，极尽渲染。

我父亲的二姐耿维馥，早年嫁给赵欣伯。伪满洲国成立后，他曾担任伪立法院长之职。我父亲在伪满期间从未和赵有任何政治瓜葛和往来，也未担任任何公职，这是铁的事实。至于布川重子，一直是日本籍妇女，和我父结婚，在户籍中皆有明确登录记载，也谈不上"隐匿"二字。

三四个月后，遭不白之冤、以"莫须有"的罪名被羁拘的父亲和东屋妈回到了家里。由于收罗不到任何真实有力的证据来罗织"罪名"，只好不予起诉，无罪释放。这场有头无尾的无端闹剧，只能说明当时社会的黑暗，或有人浑水摸鱼，从中陷害。在这段期间，母亲面对前所未有的诸多艰难和压力，殚精竭虑地维持这个家，经受了炼狱般的考验，展示了她的刚强和理性。

我那时正上小学六年级，家里出事，忧心忡忡，不愿同学知道。但没过两天，中午放学回家，刚走出校门，忽然听到后面有人用粗哑的嗓子，冲我喊："日本娘们！"一回头，原来是张化勇正起劲儿地喊叫。这家伙是有名的愣头青，一向大大咧咧。前几天，打垒球，冲垒，他磕伤头部，缠上绷带，我还安慰过他几句。没想到，他当着别人的面，居然和我来这一套，太缺友情。也许他看到报纸了。他见我反应冷漠且面带愠色，也就不再吱声，甚至以后也不再提起这件事。我当时的心态是：这个家除了给我们添麻烦，还能给我们什么呢？

母亲在这次风波中可谓心力交瘁，费尽心血，但后来却遭致一身诟病。是耶，非耶？父亲遭遇不测，群龙无首，她只好出面主持家务。诉讼需要经费，全家生计和老少开支均需一定的财力支撑。母亲思虑再三，经与西屋姨、南屋姨商议，决定把家里客厅中的家具、器物、古玩变卖，以解燃眉之急。

这个客厅虽然不大，但其设计及全部装置、摆设，当年都是父亲亲自构思安排的，自有他的情趣寄寓其中。全部的桌案、太师椅、茶几、半月形边桌，以及阔大的书桌、躺椅等等，一律都是紫檀（硬木）做成。墙上的画屏，缀以由玛瑙、玉石和珊瑚组成的各式图案。书桌上放置的纸墨笔砚也自有来历，湖笔徽墨、端砚、由琉璃厂订制的信笺，以及插在笔筒里的戴月轩的毛笔，都是父亲喜爱的文房四宝。还有杂陈于室内的各式古瓷器，也是他的心爱之物。

在紧挨一组沙发的东墙上，挂着清朝翁同龢的一幅字画，上联是"涉世无如本色"，下联是"立身何用浮名"。翁同龢是光绪皇帝的老师，以书法著称于世。这两幅字画之间，有一幅郎世宁的绘画：一只犬，后臀及后腿着地，呈坐姿，双目炯炯，凝视前方。郎世宁，意大利人，为清时雍正、乾隆的宫廷画师。北墙的曾国藩写的字画，因字义奥僻，我已经忘却了。而那个金碧辉煌的广东大座钟可能是这间屋子里最炫目的摆设。父亲所要营造的正是这种古色古香的氤氲气氛。

　　然而，他回家时，这些已荡然无存。原来的这一切已成为他酸楚的回忆。当他缓过气来，仔细琢磨这段过程，怨气怒气一并涌上心头。他偏执地迁怒于母亲，认为她轻举妄动，独断专行，不谙行情，轻信别人蛊惑，一文不值半文地把一份好端端的家当，贱卖给了奸商利徒。虽然没有大发雷霆，但他每谈及此事，常有不悦之色。母亲虽然觉得委屈和伤心，却也心安理得，处之坦然，因为自己既没有中饱私囊，也未挥霍铺张，全是一心为了这个家，问心无愧，何罪之有？此后，又经过国民党当局掀起的法币、关金改换为金圆券的所谓"货币改革"风潮，物价飞涨，我家和许多家庭一样，受损颇剧，家庭境况一蹶不振，步履维艰。当时北平家中十几口人，尤以母亲系统的人马最多。维系一个家庭最起码的物质条件就是吃饭。一日三餐，柴米油盐，需有人谋划、提供。这个沉重的使命自然众望所归地落到了母亲头上。"穷家值万贯"，这话有一定道理，翻箱倒柜，掘地三尺，还能拾掇出一些旧时遗留下来的衣服和器物，变卖换钱，糊口度日。

　　当时市井上见到的没落家庭或一般经济拮据的市民，想要变卖自己的家私旧物，上档次或比较值钱的东西，可送往那些有着高高柜台的当铺去典当，这种门径盘剥的程度严酷；也可把东西寄卖于委托商行，当然必须交纳相当不菲的中介费、手续费之类的款项。还有一种等而下之的方式，就是找"打鼓的"。所谓"打鼓的"，是旧北京沿袭多年的收购旧物的游商。这个行当较为复杂，三教九流皆混迹其中。一个人腋下夹着一个土布蓝的包袱，多游串于胡同小巷之间，一只手拿着个轻细的藤条往一个袖珍型的小鼓上不住地敲打，发出清脆的有节奏的声音。住家户闻其声即知打鼓的来了，赶紧把要卖的东西送去，议价成交。这种方式虽然便捷，但多为平常的物件，也卖不到好价钱。

母亲决定径自去露天旧货市场去卖东西。这是一个很有勇气的抉择。

从闺中妇女到撂地摆摊，从富家太太到市井游民，这是一个何等的落差！这是一种怎样的蜕变！母亲在这种蜕变中煎熬。

当时，比较而言，离我家较近的旧货交易市场只有马市桥（白塔寺东面）、宣武门和德胜门三处。母亲常去的是马市桥晓市和宣武门晓市。德胜门晓市，因每天多在凌晨开市，天尚未放亮，又称鬼市，母亲去得很少。

冬天，朔风凌厉，冰天雪地；夏日，热汗淋漓，骤雨浇身；春季，沙尘飞扬，蓬头垢面。一家人的饭食，责任在身，舍我其谁？她像一只孤独的骆驼在沙漠中跋涉，看不到边际，找不到绿荫，只有当头的烈日。

去宣武门晓市，必需四五里地路程。母亲有时自己去，更多的时候是拉着六七岁的二妹去。有时还须哥哥陪她去，因为他毕竟是个小男子汉。

　　那个年头的自由市场，绝对没有现在这样规范有序。那是一片嘈杂的纷乱的人迹混杂的地方。一个清秀文静的中年妇女，风吹日晒，站在地摊旁边，左顾右盼地等待顾主光临，很惹人注目。她的地摊上，今天摆着一件皮斗篷和两件毛衣；明天或许是两件旗袍，一个座钟，外加一件旧水獭领子。入乡随俗，既然进了这个环境，就无法完全摆脱这里的行规。在买与卖的个体交易中，有所谓"袖里吞金"的议价方式。为了避免泄露要价和还价的行情，双方往往不直接说出货品的价格，而是把手伸进彼此的袖口里，用指头表示价钱的多少。有些以倒卖旧货为业的人，精于此道，运用自如。而母亲一个妇道人家能和他们为伍，采取这种交易方式吗？男女授受不亲哪。这就得借重哥哥代为行之了。那时社会货币制度混乱，尤其物价飞涨，一日数变。上午发薪时尚可买三十斤米，下午就会大打折扣，只能买十五斤米也不一定。因而，黄金、银元大行其道，动不动就说几两黄金，多少块"袁大头"（银元又称袁大头，盖因银元上铸有袁世凯头像故也）。为了防假，人们在买卖"袁大头"或收受银元作为货款时，常常用嘴沿着银元上（硬币）的圆形边缘吹上一通，听其声音以辨真伪。这种唾沫星四溅的吹气辨别方式，她也颇感为难。

　　从我家到宣武门晓市，光是徒步行走，已够疲累，何况还得背上个包袱，出动一趟，自是苦不堪言。二妹年纪小，一趟一趟跟着卖东西，过早地涉足市井尘世，对她是一种懵懂的经历。由于走路太多，一双小皮鞋踢蹬几天就露白碴了。在闹市里混了一天，又渴又饿又累是常事。归途中，走到西单，大小商店密集，母亲带着二妹常常停步，在小吃店里买上几个春卷充饥，有时也买两个松花蛋解饿。如果东西卖出去一些，心情自然不同，脚步也会轻快不少，走到面食铺买几斤切面或杂面带回家去。

重要的是家里的缸底要有几斤米和棒子面，吃饭时要揭得开锅。——这是母亲从晓市回来走近家门，脑子里默念的箴言。

她用自己的疲惫换来一斤斤米面，用自己一件件衣服和东西换来桌上的饭菜。真正吃饭的时候，她却倒在床上酣然睡着了。

她在别人面前，没有半点骄矜和倨傲之意。她觉得自己应该为这个家出力，为这个家牺牲，何况自己还有那么多吃饭的孩子。

眼见妻子日复一日地奔波劳碌，体察她的苦衷，父亲心存感激，但又不能说出口。落魄如此，自惭形秽，只好甘当闲人，做个清贫蜗居的寓公。

父亲附庸风雅，仿照梁启超的"饮冰室"、周作人的"苦雨斋"，自命自己的斗室为"怡竹馆"，以竹林贤士自诩。暇时，画自己喜欢的马，勾勒数笔，形态各异的马，跃然纸上。他甚至代哥哥做作业，在竹片上绘画、雕刻兰花，居然还在学校里获奖。

《世界日报》版页的下方有个《时人行踪》栏目，载有当时政要和名人的行踪消息，曾有邹作华、金典戎抵平的简短报道。邹作华是父亲在旧东北军时代的上司和同事，抗日战争时曾任国民党军炮兵总监，上将衔。金典戎曾是郭松龄属下的军官，抗日战争后为国军中将，也曾与父亲稔熟。父亲看到这些信息，虽不免引起怀旧思绪，往事历历，但又想起时过境迁，劳燕分飞，彼此境遇已今非昔比，纵使往访叙旧或寻求一助，又有何意义？遂决意不去造访，以避趋炎附势之嫌。

有一位傅姓老人，曾和郭松龄同窗，后担任东北军的参谋、幕僚之职，对东北军的旧事秘闻，见闻颇多。他间或来我家与父亲闲谈，清茶一杯，纵论历史轶事，臧否人物，谈兴甚浓。这对于赋闲的落寞者，不失为一种遣兴和释怀的方式。

我不记得母亲带领大妹和二妹回沈阳的准确时间，因为怕影响我们正常上课，仨人白天悄悄地去前门乘火车回到老家沈阳。

北平的生活艰难日甚，一大家子人坐吃山空，捉襟见肘，无以为继。母亲只好告退，离开自己放不下的三个儿子，离开这个千疮百孔的家，退避老家随爷爷奶奶栖身度日。在沈阳，祖父尚有一点房产，依靠房租收入糊口，入不敷出，勉强维持。母亲和妹妹回去，和伯父大姨等共吃大锅饭，其困窘自不待言。

母亲走了，我们哥仨可就成了断线的风筝，漂泊无定。人家有自己的孩子，各有一摊事，无暇顾及这三个大小子。我们白天上学、打球，只是到时候回家吃饭，是冷是热，好吃赖吃，全无计较。一件校服一学期不见得洗过几次，一件衬衫汗湿了之后，晾晾又穿上。有了气味的袜子，今天晚上脱下，明天早晨照样穿到脚上。没人过问，没人照料。

只是精神饥饿令人难耐。

我们从小和母亲相依为命，她是我们的靠山，我们也是她的依托。记得有一次，母亲领着我们五个孩子上街。骄阳似火，为了躲避烈日，我们几个在胡同里沿着墙根的阴凉，一字排开，鱼贯而行，母亲在一旁跟着走。我们发现，有些路人用羡慕的目光向我们一行张望。有的女人还窃窃私语："这么年轻的妈妈，养着这么一大群孩子！你看那几个'小伙子'多给他妈壮门面哪！"

如今，远隔千里，我们每天见不到她。她听不到我们的声音，我们也听不到她的声音。每天放学回家，进屋想喊一声"妈"，欲吐又止，物是人非，妈妈不在这里了。

大家聚在一起吃饭，父亲坐在中央，左右坐着东妈、西屋姨和南屋姨，在那里有滋有味地吃饭。环顾四周，没有母亲。妈，我妈在哪儿？我妈应该坐在这里呀！我拿着筷子，端着碗，泪珠在眼里转。我憋不住了，要哭出来，扔下碗筷，跑到屋外，坐在屋檐下的石阶上流泪，抽抽搭搭。"儿子们想您，您知道吗？""我们喊妈妈，您听见了吗？"我在想，妈妈在一千多里外的那个荒凉的家，现在正干什么呢？

我对面的花池盛开着牵牛花（喇叭花），淡红、紫红、紫蓝，在黄昏的余晖中摇曳。我想起，去年的夏晚，母亲在屋里点上了巴兰香（她特别喜欢巴兰香馥郁的香气），关了灯，也和我们一起坐在石阶上纳凉，摇着扇子，望着繁星满布的深邃的夜空。大妹妹站在簇簇的喇叭花前，扭动着腰肢，轻软地甩动着手臂，边舞边唱："小小姑娘，清早起床，提着花篮上市场……"母亲没有很多的话，只是默默地鼓掌。

什么叫思念，什么叫想妈，这是我人生的第一次体验。那种缺失感，那种凄凉感，整天舔舐着我的心灵。

这么些年，我们很少看到母亲写的字，这下可好，几天就能收到妈妈的来信，不过邮期往往需六七天的时间。信里面除了述及母子之间的离情别绪之外，大多是念叨不完的叮嘱。读母亲的信成了我们的一种心理渴求，真有"家书抵万金"之感。妈妈常在信封里夹带几张法币和金圆券给我们寄来。她怕我们缺零花钱，又担心早晨在家里吃不上早饭，到外面又没钱吃早点。她自己和妹妹们省吃俭用，把变卖家里"剩余物资"换来的一点钱，竭尽所有，寄给我们。

有时，我们也会收到母亲寄来的邮包，里面会是两三件上衣或衬衫，或几双袜子，也许还会是两双球鞋或几条裤衩。有一次，给弟弟寄来一条当时正在流行的西式米黄色咔叽短裤，这使在小学里以帅气闻名的弟弟喜形于色，还引起男生的羡慕。

有一次，我们急切地打开母亲寄来的邮包，竟然发现几块硬梆梆的点心和一大摞又干又脆的煎饼，大半已成为碎片，吃到嘴里已经不怎么好吃。但我们看到邮包四角那细密的针线，想到母亲俯身灯下，一针一线地缝缀那把自己的心都装进去的邮包时，怎能不感受到"慈母手中线，游子身上衣"的温情呢？

这样的日子，感觉上很漫长，实际上有七八个月。

秋叶飘零，北京已进霜月。那天，我和弟弟正在北京的宅门洞里逗留徘徊，一阵急促的叩门环的声音频频传来。谁呀？我俩跳跃着跑过去，拉开门栓，打开两扇紫红色的木门，呀！

大妹和二妹（那时分别为十岁和七岁）各穿着一身油污邋遢的黑色棉袍，蓬头垢面，肩上背着、手里提着土布蓝的包袱，直挺挺惊愕愕，站在门外。"二哥，三哥！"两只眼睛直巴巴地望着曾经住过、曾经熟悉的这个家。紧接着母亲也进了门槛，和我们相拥而泣。

她，瘦削苍白的脸布满灰尘，蓬乱的头发结成一绺一绺疙瘩，眼睛渗出细纹般的血丝，肩上背的是更大的土布包袱，臂上挎着一个布袋，完全是一个农妇的装束。

他们风尘仆仆，风雨兼程，在路上奔波滞留了十数天，归心似箭。为了什么？一言以蔽之：和儿女生死与共，一家人团聚在一起。

1948 年，解放军拉开波澜壮阔的辽沈战役序幕，一场鏖战，即将在东北战场展开。"国军"岌岌可危。兵荒马乱之际，做为一个家庭妇女，一个母亲，她思虑最重的就是和自己的孩子在一起，哪怕再苦，哪怕再艰难，这是她的本性。她做出了一生中最具风险的决定，经历了一生中绝无仅有的一次旅程——回到北平去。

当时，解放军以强势兵力正欲攻打锦州，而锦州正是平沈铁路必经之地。母女三人要想从沈阳去北平，可谓梦断关山，困难重重。母亲先是委求沈阳一家绸布店，办了一张可到锦州某商铺兑现的汇票，然后搭乘时断时续、时停时开的火车。一路上不知上了几次车，下了几次车，走了多少旱路。做为流民，在烽火连天、硝烟弥漫中的这次旅行，对生命的磨砺和对意志的考验，恐怕会铭记于经历者的终生。

遇河蹚水，遇山爬行，星夜兼程，多走一步就离孩子们更近一步。遇有小客栈甚或荒野中的大车店，只要累了饿了，哪里还避讳什么脏差简陋，进去就是了。大炕睡满了人，来历各异，良莠不一。母女三人和衣而卧，酣然入睡，什么虱子、跳蚤，全然置之度外。

走到锦州就可搭上火车。锦州东北方向有一条大凌河，水流湍急，或深或浅，水域不同。那天，他们准备涉水过河，前往锦州。岂知刚找到水浅、岸距较近的地方下河，没走多远的时候，突然枪声大作，人群顿时慌乱，各自逃命。临时雇佣搬运行李的人不知去向，同行护送的一位远亲也不知所踪。母亲携同两个孩子背着包裹随着一些陌生人，踩着河石和泥沙，拄着拐棍，深一脚浅一脚地蹚着淙淙的河水前行，有时还须在齐腰深的水流中强行。好不容易蹚到对岸，张望许久才找到运送行李的那位诚实的脚夫，心中一块石头总算落了地。而那位远亲的叔叔呢，却杳无音信。直到返抵北平后，他才找上门来，并遗憾地说"嘻，枪一响，谁都找不到谁了"。

不管怎么说，母亲和妹妹总算平安地回到北平的家，我们母子团聚，生活在一起了。

（五）生命最后的碎片

"解放区的天是明朗的天，解放区的人民好喜欢……"一九四九年一月，北平和平解放。古都北京，枯木逢春。街头扭着欢快的秧歌，嘭嘭震响的腰鼓，到处都在唱着令人耳目一新的歌曲，无不叩击母亲闭塞的心。她很喜欢"翻身"和"解放"这种新名词。她觉得自己也应该翻身和解放了。从封建桎梏中解放，从家庭重压下翻身。她曾幻想自己戴上列宁帽，穿上干部服，英姿勃发地走上工作岗位，走在街上，像那些新式的女性一样。她也曾设想改掉自己头上的旧式发髻，剪成短发，做一个新式女性。她还希望投考"革大"（革命大学），学习新道理，增长才干，投身新社会。不是许多女同志都是这样做的吗？也许自己的基础太薄、条件太差，人家能收留一个旧观念如此之重，且是六个孩子母亲的旧式妇女吗？她确曾为自己以后的命运辗转反侧了一番，也曾为自己日后的生活悸动了一阵儿。然而现实判定她，依然在这个狭窄的、蹩脚的空间里苦熬。

　　长达六七年的居京生活之后，我们这一支又都回到了沈阳故家，继续演绎着日益多变的岁月进程。

　　邻居何婶对母亲说："二嫂，你愁什么？你这几个幌杆似的大小子，眼看就要长大，好日子等着你呢！"母亲听了这话，虽然心里感觉滋润，但远水毕竟解不了近渴呀。时光变迁，祖母、伯父、伯母已经逝世，大姨迁到外面居住，家里只有父亲这十几口人。祖父的房租收入，只能提供大家的一日三餐，其他各项悉听尊便，自行谋划。有时一天只开两顿饭，我们这批正在成长的孩子，每到中午，总是饥肠辘辘。母亲看到，常从自己的衣襟里掏出小钱包，拿出一点零钱，叫我们去街对面那个小饭铺买一点大饼、玉米饼、炒饼或豆芽炒粉条之类的东西充饥，而她自己却很少去吃。

　　有一天，母亲在街上，遇见多年不见的幼时同学。那位老同学在纺织厂工作，她知道母亲的身世，也了解她现在的境遇。她告诉母亲，新社会百废待兴，国家要大规模建设，她们的工厂正在招收职工；并且善意地劝慰母亲："如果你愿意，可以到工厂来工作。"母亲听后，颇多思虑。她愿意脱离这个樊笼，去走一条新路。但是……她的包袱太重，首先就是这几个还需要她照顾的儿女。"我一个人走了，他们怎么办呢？"结果，时过境迁，她没有去成。

　　家境困难，是非频仍，令人窒息。母亲几次对哥哥和我小声说："咱们到外边租房子，另过吧！"在我们心中早已萌生叛经离道、背弃这个破碎家庭的夙愿，但昔时我们年幼，人在矮檐下，不能不低头。而现在，我们仍然羽毛未丰，还没有足够的能力支撑一个独立的家，来奉养母亲，供给弟弟妹妹上学。这时哥哥和我已先后参加了革命工作，积极进取，热衷学习，蓄志做一个有为的青年，一个对国家和社会有用的人。我们这么早离家，中断了学习，一是，昭示对家庭的叛逆；二是，自食其力。我们以后一定会争取一切的机会和方式进行补偿学习。母亲没有得到我们强有力的回应，"租房别居"的事也就搁浅了。

父亲在家闲居日久，一时找不到合适的社会工作，他也是心烦气躁，只是隐隐地忍耐着。

由于哥哥和我每月皆有一点固定的收入，母亲衣襟里的那个小钱包，不再空瘪，我们的经济状况稍显宽松。有的晚上，我们可以在自己屋里煮上一锅挂面，或熬上一锅大米粥，吃几个鸡蛋，拌两块豆腐，甚至到中街南面那个大鸿运饭馆买一些包子给妈妈吃，也是时而有之的事了。总之，是微露曙光。

1952年隆冬的一个上午，"你家里来电话，说你母亲病了，请你赶紧回去看一看。"一位平时很少听我讲过家事的同志，这样告诉我。我心里嘀咕：如果是一般的头疼脑热，不会打电话来。到底是怎么回事呢？

我风风火火地赶到家，推门进了母亲的那间屋子。完全意想不到的一幕刺入我的眼帘！她一个人躺在铁床上，举着自己的双手，在空中来回摇晃，不断翕动嘴唇，叨唸着谁也听不懂的呓语。两只眼睛直勾勾的。她没有理睬我，或者说没有看见我的到来。

"妈，妈！"我俯身床边，伸手摇动她的臂膀。她毫无回应，依然专注地用手在空中比划着。这时我用力地推动着她的身子，哭喊："怎么了，怎么了？您老倒是说呀！"她依然做着她的机械性动作，把她的儿子拒之于她的世界之外。

我感到木然，感到天昏地暗，变成一片枯叶，变成了一个失去五脏六腑的空心人。父亲和家人以及一位世交的晚辈，在另一间房子里商议母亲的事。我则在这间屋子里顿足捶胸，泪眼模糊，惘然若失。

我在追寻母亲，追寻昨天的母亲，追寻我们那个本真的母亲。我不知向谁讨回我失落的母亲。

到那个著名的医科大学医院求医，经过包括抽血化验在内的一系列检查和医生会诊，诊断结论是：急性脑膜炎。

过了几天，母亲凄然离世。没有留下一句话，没有和任何人告别。

从此，我们成了没娘的孩子，我们深陷于剧创和哀痛之中。

入殓那天，外祖母和舅家也来了。外祖母坐在棺木一侧的地上，悲戚欲绝。她为母亲的身世和失去母亲的外孙们哭天喊地。她问苍天，人的命运为何如此不公？她的哭声，引得在场亲友泫然泪下。盖棺的时候，工人们用力地把铆钉揳进棺材，发出咚咚的声音，每一下都锤打在我们的心中。妈妈，永别了，再也见不到您了。

在送灵柩去墓地的路上，坐在马车上，缩着身子，随着吧嗒吧嗒的马蹄声和车身的咯吱咯吱声，我们和父亲之间的心灵感应只是两个字：沉默。大家都在想，明天会怎样，这个家庭的布局和倾斜方向该是怎样。父亲很疲累，母亲病危这几天，他一直日夜守护在侧。

母亲丧事极为俭约。既无披麻，也无戴孝，更谈不上诵经超度，操办丧宴。我们子女认为，如今已是新社会，我们都是进步青年，应该移风易俗，展示一代新风。整个丧葬过程，以及第二天上学上班，我们没戴过白花和黑纱。这无损于母亲在我们心中的崇高位置。

幸好，母亲逝世的前两个月，为避暑热，大妹带着最小的三岁的妹妹在临窗的大木桌上睡觉。跟着姐姐，接受姐姐的呵护，已经成为她的习惯。

失去母亲的最初日子，心事不宁，思绪纷飞。那天轮到我值班，坐在办公室里。外面的寒空，清朗的皓月，洒下冷漠的光。室内的暖气很热，一个个办公桌上凌乱地陈放着文书资料。昏黄的吊灯下面，没有了白日的嘈杂和人语。这间大房子显得空荡而寂静。我坐在一角，听着墙上挂钟传过来的滴答滴答单调的声音。在这万籁俱寂的子夜，我怎能不含泪想起母亲？

我想起母亲临终时凌乱的头发和清癯的面容，想起她最后岁月常穿的那件褪色的陈旧的海沧蓝大褂，想起她房前那丛清香溢远的丁香花，想起她对我们期待的目光……

离母亲孤身远行已近六十年了。但对于我们，她无时不在。艰难中，成功时，温馨里，举杯的刹那……她都在我们的身边。

如今，您的儿女，三个白发老儿和三个白发老妪，以六颗颤抖的心，向您致敬，向您深深地鞠躬，表达对您的眷恋和永远的思念。

"春蚕到死丝方尽，蜡炬成灰泪始干。"古人如是说。

"天涯何处无芳草"

——日本母亲布川氏拾痕

（一）

1986 年末，隆冬。我因公出差，由京城赴东北到沈阳。办完公事已是下午四五点钟，我忧心忡忡地跑到故家去看望年迈的父亲和东屋妈。脚下的残雪吱吱作响，迎着凛冽的寒风，脸颊和耳朵都冻得通红，且有些僵硬。天边凝滞着灰暗的云絮。在街口的小店买了几斤水果，我匆匆向那个既熟悉又陌生的地方走去。心里嘀咕着等待我的该是一幅怎样的场景？我已两三年没回家了。

我蹑手蹑脚地走进前屋，父亲正默坐在那张旧沙发上，举着长烟杆吸旱烟，屋里烟雾弥漫。他惊愕地看着我："你怎么回来了？"听我道明原委，接着便是一阵沉默。"你东屋妈的病情，你知道了?"父亲语意沉重。"我在信里都知道了。"我说了几句并无多少说服力的安慰话,父亲只是长吁短叹,低头不语。

东屋妈正在后屋跟一位姓郑的老太太说话,有一搭没一搭地,声音不大。郑老太太也是久居中国东北的日本人,日本投降后嫁给一个中国男人,孩子都已长大,但都不成器,不是无固定职业,就是干力气活儿,而且家庭不和睦。她心中郁闷,有时便来找东屋妈聊天解闷,碰巧了还会喝两盅酒,吃顿便饭。在她眼里,东屋妈的境遇不错,衣食无愁,生活安稳。几个儿女虽无一个是亲生,但都深明大义,知情达理,真心实意地奉养自己的父亲和这位日本母亲。而且她也对这个家庭的和睦和文化气氛,颇有羡慕之意。

我递给父亲几十块钱,他略显迟疑地说:"你不是刚往家寄来钱了吗?怎么……你要是一定要给,就直接交给她,让她高兴啊。"

后屋烧着热炕,通着一壁暖墙。郑老太盘腿倚在东墙坐着,东妈则盖着一条棉被,毫无表情地躺在热炕的中间。凌乱的白发,憔悴的面容,见了让人心酸。炕沿上摆着一个托盘,放着手绢、手纸、服用的药,还有一小碗酸菜水。她进食已感困难,常有梗噎之感,只有喝点酸菜水,还可顺当下咽。我摸了摸她的额头,不发烧。然后,我把钱放在托盘上,说了句:"东妈,留着用。"她不说话,微露笑意,但眼角转着泪珠。我把买来的橘子掰成瓣儿,送到她嘴边,她皱着眉,嚼了两瓣,便又吐了出来,强装出笑容细声说:"真甜。"我安慰她要安心养病,很快就会好起来,她怅然点头。她是个明智的老太太，对自己的病，恐怕早已洞若观火，判断出不祥的前景。

临别时，看我要走，她披着棉被，弯着身，日本式地跪坐在炕上，目送我离去。我向她深度鞠躬，大声说："过些日子，我再回来看望您老。"她没回应，只是低头饮泣。我又用日语大喊："桑悠那拉"！——再见！这时我看到她用被角捂住脸，唔唔地恸哭不止。这完全不像她平日含蓄内敛的性格。我感到她内心的震颤，我无力阻止她这种真情的宣泄。我含泪低头悄然离去时，她那毫无遮掩的哭声，还在我身后飘荡。这一幕情景，一直熔铸在我心里，挥之不去。

往常，我每次回老家，兄弟手足照例热闹地聚会，畅叙别情。但当晚在哥哥家的聚餐却大异其趣。小妹妹凑到我跟前，声音低哑地告诉我："这回东妈可病得不轻啊！"大家轮流，仔细看了医院照的片子：诊断为食道癌。聚会时曾有的喧笑和惬意，荡然无存。整个饭桌、整个晚上，愁云密布，全部话题都是东屋妈的病。

一个月后，大年初一，我再次回老家。敲开大妹家的门，未及寒暄，她头一句话就是："东妈的事已经料理完了。"我大为惊异，脑袋嗡地一下："怎么这么快！"我俩相视无语，摇着头潸然泪下。

就这样，东妈结束了她坎坷的一生，走完了她半个多世纪的中国之旅，辞别了患难与共的父亲，告别了她眷念的异国儿女。

大妹说，弥留那天夜里，她在昏睡中呼叫当夜守护在侧的弟弟和一位妹夫，"××在哪儿""××哪去了？"她知道身边有儿女送她去天堂。

临终前几天，东妈用微弱的声音对一筹莫展的父亲说："别任性了。我走后，听孩子们的话，跟他们过几年享福的日子吧。"这是她经过几十年的体验得出的对子女们的评价和信任，也是对父亲的最后叮嘱。

病入膏肓时，看见她恹恹的病态，大妹在她耳根轻声说："东妈，坦然点。"在昏昏沉睡中，她泛起多少情感波澜，和死神作过多少回抗争，无人知晓。她从容离开了这个尘世，匆匆中没有留下一句临终的话。

东屋妈一生跌宕起伏，命运多蹇，既有过富贵时光，也捱过困顿岁月。这一切都演绎在中国的土地上，附着于我家命运的沉浮之中。

她一生与中国结下不解之缘。她喝中国水，吃中国饭，说中国话，根植中国这片沃土。虽然她一直保留日本国籍，但她在中国历经风雨将近七十年，在日本侨民中可谓凤毛麟角。

说她是"中国通"，似有偏颇。其实她已经成为一个地道的中国人。两栖的文化，两栖的思维，两栖的语言，把她塑造成一个特异的中国人和特异的日本人。中国和日本是她生命的两个坐标，制衡着她的人生轨迹。

她爱中国，也没忘记自己的祖国。

『天涯何处无芳草』

东屋妈，日本人，本名布川重子，二十世纪初生于日本新潟县。其父布川弥一郎氏早年为日本商船株式会社的名厨，后从事餐饮生意。其母据说有贵族渊源，摆脱门第之见，下嫁给她的父亲。东屋妈的姐姐，当初曾反对她嫁给中国人，但很牵挂这个妹妹。弟弟曾为三井物产株式会社的职员。我们幼时见到他，总是一副笑容可掬的样子，高兴时会摸摸我们的脑袋。有一次，他醉酒爬到树上，故作怪状，不肯下来，还是父亲把他拽下来的。他很喜欢吃中国的烧麦和饺子。东屋妈的妹妹，在我们小时的视角里，是一个娴静而又有些拘谨的女大学生。她白皙的面容，戴着一顶女式贝雷帽，装束时髦。她来看望东屋妈，临别，已走出屋子，虽一再弯腰鞠躬，却好似言犹未尽，轻声细语，仍说个没完。据说，这也许是日本人告别时的礼貌和习惯。她念大学时。父亲和东屋妈曾给过一点资助。

若干年后，听说日本舅舅已于二十世纪五十年代病殁，她内心伤痛不已，因为她是很挂念这个弟弟的。

对于东妈的早期生活，我们知之甚微。只是从大人只言片语中，略知一二。一说，她曾在日本读过大学，一说她毕业于旧时东北某日本女子高中和体育专门学校。又有说，她早年曾风光一时，有些罗曼蒂克色彩。她曾作为选手，参加过在北京举行的东三省和华北体育运动会；与黎锦晖创办的明月歌舞团有过联系；跟当时的演艺明星王人美、夏霞和姜明等相识。她还曾为风靡一时的歌曲《桃花江》灌过唱片。后来，她也曾在中小学担任过音乐、体育课程的教席。

二十世纪二十年代初，父亲在日本留学时和她邂逅相遇，三十年代她以"兼祧妻"的名义（封建时代，一个男子兼做两房的子嗣和继承人，称为"兼祧"）和父亲结缡，进入我家。但她终生没有生育，没有子嗣。这也许是她后来把自己的命运同我们这些非亲生子女联结在一起的一个原因。

在流逝的漫漫岁月中，这位特立独行、身在异国的家庭妇女，继母，游弋于中国式社会、中国式家庭，该积淀多少不同一般的人生苔痕。

在家庭生活里，尽管我们共处于一个运行的罗盘，在孩提甚至少年阶段，我们与她一直隔着一道"心理篱笆"，充塞着某种疑虑。生活的磨砺使我们彼此找到了契合点，我们接纳她进入我们的情感世界，她也逐渐学会把自己的母性融注到我们身上。她以母亲式的温厚心宅，树立起自己在家庭的地位和尊严；我们则以自己的善良淳朴向她捧出中国儿女的情怀。

回首前尘，追溯她生前种种，可以看出她决非完人。但在我们成长的一个个"柳暗花明"的里程，我们感受到她人格的芳香。

（二）

在东屋妈迈进我家门槛之前，曾经有过一段"离岛式"独居的过渡期。当时，为避免家人耳目，引起家庭风波，东屋妈在距我家

父亲和他的日本妻子布川氏——我们叫她东屋妈

较远的大南门附近赁房栖身。这是父亲在他棋盘中预设的一步棋子和伏笔。日后瓜熟蒂落，再迎娶入门。

有一次，父亲又去大南门幽会。东屋妈早已备下酒菜：日本的清酒和麒麟牌啤酒，还有比较清淡的海鲜——板鱼，木鱼，沙丁鱼，大虾，紫菜之类。劳累一天的父亲，从她那里确实渴望得到一点温情和乐趣。两人用日语聊天，追述往事，传递爱情，听听唱片。有时她还按捺不住对昔日中国歌曲的怀恋，唱起黎锦晖作词作曲的流行一时的《桃花江》："桃花江是美人窝。桃花千万朵，比不上美人多……"。

应该说，东屋妈是最懂得取悦和侍候父亲的一个妻子。这一点为日后几十年的历史所证明。

在这种温存愉悦的氛围中，父亲已有几分醉意，并早已乐不思蜀，忘却了回家一事。东屋妈婉言提醒他，还是早一点回去为宜。

初冬的午夜。父亲从温暖的屋子里出来，融进黑暗和寒风交织的夜色中。虽然他平日以健步著称，腿脚快捷，但只身夜行，毕竟是一件寂寞劳苦的事，尤其是刚才的温馨与眼前的冷寂，形成鲜明对照。

东屋妈和三个男孩两个女孩—她没有亲生子嗣（中坐者为东屋妈，她膝前立者为大妹和二妹，后面及左右立者为哥仁）

街道还算平整，光秃秃的，空旷而无人迹。所有的商店和屋宇都隐没在黝黑之中，稀疏的街灯眨着疲倦的眼睛。他一个人在马路中央疾行，沙沙的步履声中，脑海里还不时地跳出方才的酒杯、对话和无名的惬意。

"狐狸！狐狸！"——突然，身后不远处传来越来越清晰的声音。他扭过脸，回过头，极目搜寻，到底发生了什么事？说时迟，那时快，后方有一个流动的物体在疾驰，速度极快，宛如一道幽幽的磷光飘来。

啊，果然是狐狸，是一只抖动着黯淡红光的狐狸！从父亲右侧几米远的地方跑过去，活灵活现地。父亲从未见过这般情景。

那年头，沈阳旧城，尚属古旧，城乡界限不很分明，大南门外荒丘野冢之间，野狐出没，也是可能的。

父亲认为，此为奇遇，也是吉兆，遂益加对东屋妈钟情不移。

东屋妈进入我家门庭，我哥四岁，我两岁，弟弟刚出生。父亲为她修缮了居室，铺设地板，又从白俄人手中为她购置了一套古朴典雅的俄式家具。这时，她已辞去一切社会职务，深居闺中，做一个家境优裕的家庭妇女。

我们小时，在老家与祖父母及伯父们一起共住一个宅院，名义上吃大锅饭，实际上各房常以小灶自奉。除了必要的礼节和逢年过节之外，她极少参加集体活动，也很少与别人有过从交往；而是另辟蹊径，游离于众人之外，过着怡然自得的日子。我们垂髫之时，正值她盛年之际。在我们眼中，她算不得美丽，但举止优雅；对待家事，操之有度；待人接物，应对裕如；即使在平常琐事中，也能显示出她的心智和机巧。

在日本人扶植的傀儡伪满洲国，中国人沦为亡国奴。城市中

草坪上的远足者——东屋妈和我们去郊游

人，只能吃高粱米饭，喝高粱米粥。有的家庭偶尔吃上一顿大米白面，也是偷偷摸摸，不敢声张。我们那时在家里常吃的是一种叫做文化米的高粱米，米粒较之高粱米略白，不那么粗糙难咽。放学回家，吃这种高粱米粥，就着大酱拌豆腐或大酱蒜末拌茄子，还觉得挺顺口。

我们几个大孩子上学时，学校有时会组织远足（郊游）活动。这对于已厌倦了无味的半军营式教育的孩子们，无异于难得的玩乐和释放童趣的机会。东妈每每把它当做一桩正经事，亲自动手兴致勃勃地为我们准备野餐。有寿司、欧西司、司给牙给……装满了日本式的食盒。

坐在滴着露珠的野草丛中，掀开食盒，拿出这些令人垂涎的食品，递给相好的同学，邀他们同享。这时心里萌发的是一种孩子式的快慰。

日常，东妈给自己或父亲做的小锅饭菜，无论繁简或粗细，她的制作绝不平庸。即使很简单的小菜，经她的手随便持弄几下，端上桌的准是清爽适口的佳品。那时，物资匮乏，有一阵子时兴以土豆（马铃薯）代替粮食。她就把土豆煮熟，做成土豆泥，然后放在有多种图形的模具中，做成别样的土豆点心，吃起来别有滋味。有时父亲即兴在她房中小酌，她会立即煮上几个鸡蛋，在煮熟的鸡蛋上雕出花瓣状，洒上少许用香油拌好的酱油，装上小碟也能应一时之急。

我们这支，徙居北平后的一个夏晚，父亲一时心血来潮，提出要请大家吃一顿日本的"田不拉"——炸食。于是大家紧急行动，忙活一番：用自来水管冲洒庭院，以驱散暑气；找来长形木板搭设临时餐桌；收罗各屋的大小板凳充做座椅；在餐桌边上设灶支锅……边做边吃。虽然也有帮手在侧，但作为主厨，从配料到入锅炸制，东妈都事必躬亲，总其成于一身。我们这头吃得津津有味，她那头供不应求，热汗淋漓，忙得不亦乐乎。这一回，让我们明白了"田不拉"是怎么回事。

居家过日子难免有单调和枯燥的时候，但她总能活出自己的情调来。闲暇时，她会叮叮咚咚地在风琴上弹奏她喜爱的曲子。兴致来了，她会找我们跟她打乒乓球，我们笨手笨脚地哪是她的对手。

于是，她就让父亲商行的员工来和她对垒；神采飞扬，左冲右突，完全忘了一位太太该有的"风范"。

她是"解股"的能手。（东北人叫改股，是一种坐在炕头上就能玩的游戏。把一股细绳结成一个圆圈，玩时把它撑在左右手的指间，这么一翻，那么一拨，能变幻出各式各样的空间图形。常是两三个人做为对手，一起玩，轮番操作，什样翻新，而以延续次数最多者为胜。）东妈心灵手巧，往往绝地逢生，出奇制胜。

"扔包"也是她的强项。把颗颗豆粒装入缝制的小布包里，玩时将三四个这样的小包抛向空中，上下纷飞，错综有致，既不断档，也不相撞，此起彼落，时间、节奏皆在手腕的挥洒之间，令童年的我们看得眼花缭乱。

桃太郎，那个憨憨厚厚、胖胖乎乎的小男孩，是东屋妈讲给我们的日本童话中的主人公，后来我们也在漫画书上看过这个故事。乡村里一对年迈的农民夫妇，终生勤劳，晚年膝下无子，更无含饴弄孙之乐，生活日感困难。小院一隅有一棵桃树，在老人的辛勤培植下，长得根深叶茂、果实累累。他们发现其中一个桃子硕大异常，光泽无比，令老夫妇惊奇不已。一天，这个光泽艳红的大桃嘎巴一声，从中跳出一个胖小子，活蹦乱跳，力大无比，投入老人的怀抱。自此，田间耕地，家务劳作，都由他独立承担，也自然成了家中的孝顺孙子。老夫妇喜笑颜开，享尽天伦之乐，颐养天年。这位扶困济世的天使，这个淳厚善良的胖小子——桃太郎，一直在我们心里荡漾：日本也有这样的好孩子？

有一次，我们哥仨从商店买了水枪。这种仿手枪样式的水枪吸水后，扣动板机，可射出两三米远的水线，是一种让孩子们陶醉的玩具。我们在千代田公园（解放后称中山公园）游荡，碰巧三四个日本小学生也在那里游玩，手里拿的也是这类水枪，耀武扬威。他们也许认为中国孩子不配拥有这样的"武器"，妒火中烧，便端起水枪向我们"开火"，咄咄逼人。我们本想一走了事，但来者不善，追着欺负我们。于是我们奋力还击，和他们近距离对射。一会儿工夫，两拨孩子的脸上、身上都浸透了湿淋淋的冷水。在一次次地到水池吸水和一轮轮地射击中，彼此都有倦意，看到对方的疲惫样子，怒气渐消。最后他们悻悻而去，我们也就鸣金收兵。远处的东屋妈看到了这一切。事后，她告诉我们，人家欺负你，还击、不示弱是对的，不应该当胆小鬼。

我猜想，准是父亲认为东妈懂得教育，会带孩子，就常让东妈领我们去玩，而把我妈冷落在旁，不能和我们同行。这使我们心里隐隐感到不快。

伪满时抚顺曾举办过赛马会，这引起了父亲的兴趣。年轻时，他热衷于马的研究，在东北讲武堂讲授过马术，也曾主持过张作霖时代的军牧场。于是，他偕东妈领我们去了一趟抚顺。记忆中，抚顺的街道多为陡坡，可能是依山而建的缘故。街口处有一棵古树，虽饱尝风雨，躯体斑驳，但树体庞大，枝繁叶茂。多有善男信女麕集于此，顶礼膜拜，人称此树为"神树"。树体周围挂满了笃信神灵者的敬匾。东妈就给我们讲"心诚则灵"、"有求必应"、"普渡众生"的含义，好像这真是一棵神树。赛马会的参与者，多为有闲阶级。凭着父亲的阅历，他相中的一匹马毫无悬念地跑在了前面，他也自然中了彩。而此行，则是我们平生绝无仅有的一次观看赛马会。

汤岗子是个风光旖旎的地方，以坐拥天然温泉而闻名。汤岗子之旅在我朦胧的记忆中有点诗情画意。一个日式木质的小旅馆，古朴清雅，没有熠熠生辉的吊灯，也没有富丽堂皇的摆设。不大的厅堂，墙壁上挂着鹿头和长尾雉的实物标本，山岚之气迎面扑来。几张台球桌子随意地摆置在堂舍的一侧，狭窄的楼梯上铺着蜿蜒幽暗的地毯。房间里是一扇扇日本式轻薄的拉门，一席席方方整整的榻榻米。我们入住时，已是薄暮时分。把脸贴在玻璃窗前极目眺望，连绵的青黛色远山静静地，随着夕阳西沉，渐渐变得模糊，后来竟融成黑黝黝的一片。我们这些久居都市的孩子，真想对着那逐渐隐去的远山大喊一声："你好！"

当晚，还闹了一场令人捧腹的笑话。我们三个男孩和父亲、东屋妈正坐在榻榻米上围着矮桌吃饭，本来很安详，也很文雅，却突然来了不速之客——一位素昧平生的日本中年男子。此君豪放不羁，非要加入我们的饭局，东妈只得与他搭讪应酬。

高谈阔论间，他突然发现饭桌底下谁掉了一根荞麦面条，说着就用筷子赶紧把它夹起来，还想放进嘴里。殊不知，这哪里是什么面条，而是弟弟不知不觉由肚子拉出来的一条蛔虫。真相大白，这位豪爽的客人哈哈大笑，父亲、东妈面带窘色，而我们想笑，却笑不出来。

洗温泉澡是必不可少的项目，这使我们体验了日本式男女同浴的经历。真巧，被自行车剐破右脚的伤口经过这么一洗，竟霍然愈合。这使我此后一直对温泉情有独钟。

这次汤岗子之行的尾声，定格在归途的晚车上。第二天是星期一，还得起早上学。两天的疯玩已使我们筋疲力尽，一上火车便偎缩在座位上发蔫。火车行驶的咣当咣当声，简直就是绝好的催眠曲，很快我们便横躺竖卧地进入了梦乡。及至乘务员一再吆喝"终点站就要到了，请准备下车"，而我们却鼾声正浓。东妈连呼带唤，拉起这个、那个倒下，拽起那个、这个又颓然入睡，好像座椅有什么磁力——我们仨轮番跟她做起梦幻游戏。最后，还是求助乘务员帮忙，把我们"请"下火车，总算没耽误第二天迷迷糊糊的上课。

东妈在这个家里，除了和我们这几个不谙世事的孩子打交道外，基本上过着离群索居的生活。她对公婆恭敬有加，执儿媳之礼，但不常见面；对伯父那边的人，则敬而远之。对于我们母亲，内心虽未必看重，但言语举动往往谦让三分。父亲与伯父手足之间失和，已非一日之寒。伯父心生嫉恨，以为兄弟阋墙，背后定有那个日本妇人挑拨离间。有一次他竟当面斥骂她："你这个搅家不贤的日本鬼子！"东妈受羞辱，却将冤水咽进肚里，反而劝慰父亲莫声张，以息事宁人了之。

东妈有自己的乡愁，也有藏匿于心的那份浪漫。她平时装束打扮与中国人无异，只是趋向上等社会和有品位的时尚。冬天，她会穿上呢面皮大衣，脖颈上围绕着首尾俱全的玄狐，手里挽着那款昂贵的鳄鱼皮包。各色旗袍也是她喜欢穿的衣服。独处时，她会花上一两个钟头，把珍藏在衣柜深处的日本和服翻腾出来，一件件地端详，然后拣出一套合意的穿在身上。穿一套合乎规则的和服，需要一个繁琐的程序。在这窸窸窣窣的穿戴过程中，她在想什么？也许她在进行一次叶和根的对话。站在穿衣镜前，左转右看，顾影自怜，她心头漾起的那片心思，岂止是一个"美"字？

孤独的时候，我见过她仰面躺在榻榻米上，眼睛盯着天花板，放纵地支起双腿，高声唱起古韵十足的日本歌谣，苍凉浑厚，悠长沉郁，一如几十年后，我在日本电视剧《姿三四郎》中所听到的，别无二致。她唱着，也许心中掠过的是大海的涛声；她唱着，也许心中流淌的是对故乡的问候。这是我七八岁时的一次窥视，以后再也没听她这样唱过。

我还听她唱过一首大概叫《秋词》的哀婉歌曲，表达一个女人失意落寞的幽怨："……谁那青春谁不怜惜，苦恼有谁人提……往日欢乐，甜蜜的笑语，就永远没有归期……"声音凄婉，如泣如诉。我以后也没有听谁放开嗓子这样唱过。可惜我对它的歌词已记忆模糊，捕捉不出来了。

这么聪明的人也有步履错乱的时候，让人难以置信。

擦得锃亮的烟盘，光莹精巧的烟灯，托在手上的烟杆儿，烟垢积淀的烟斗，还有操于指间的纤细的烟扦——这大概是当时鸦片（大烟）吸食者的基本家什。不幸，东妈一度也堕入那些萎靡的烟民之中，伴着呲呲的声音，沉醉于阵阵异味的轻烟，来消磨时光。抽大烟本是旧社会达官贵人、阔佬、富婆无聊生活的麻醉剂，绝非高雅之事。东妈误入泥淖，恐怕猎奇和消遣兼而有之。所幸时间不长，她便改弦易辙，弃之如敝帚了。

（三）

1943 年，父亲偕妻室儿女迁至此平寓居。

那时，关外的伪满洲国与关内的伪华北政权学制不同，伪满的奴化教育更重一些。我们几个孩子分别插班到西城的一所小学读书，面对新的学习环境，一时不太适应。翌年的期末考试，我居然异军突起，出人意料地跃居全班第三名。母亲面带喜色，平时望之俨然的父亲，那几天也有点和颜悦色了。有一天，东妈把我叫到她屋里，拿出一件新定做的衬衫，很温和地对我说："小 P，这次你考了个第三，这是奖给你的礼物。"说着便帮我穿在身上，在镜子前面比试一番。这是一件浅黄色、大翻领、短袖、下摆露在裤子外面的衬衫，当时正时兴，叫夏威夷式衬衫。我受宠若惊，低头鞠躬，向她表示感谢。我一生考取第三的次数并不多，所以，在记忆的隧洞里，我一直记得那件黄色府绸衬衫。

某日傍晚，我偶去东妈房间，她正陪爹吃饭，谈论社会上的什么事，我就冒失地插嘴，提到市区某处发生大火的新闻。父亲翻阅当天的报纸，果然在报纸的中缝找到了这条消息。他俩惊异地大为赞许，说一个不到十岁的孩子看报纸居然这么仔细，连边边沿沿都看到了，真不容易，"孺子可教"也。

然而，我和东妈却发生过一次冲突，一次面对面的碰撞。

五年级的时候，我要在学校预订一年期的少年杂志。我们从来没有向父亲直接要过零花钱，更谈不上跟东妈要什么钱，这是惯例。也许是积存于心的东妈擅权操纵家政的印象，那天，不知是哪来的一股冲劲，我径直去找她要钱（父亲不在家）。她有些纳闷，沉吟片刻，生硬地说："怎么不去跟你妈要钱，找我干什么？"我看她这样回答，便有些生气，心想你手里那么多钱，怎么不能跟你要？这时我对旧家庭，也许有了朦胧的抗争意识。我生平第一次对她理直气壮地说话："你管家，不跟你要跟谁要！我买杂志是正经事，为什么不给钱？拜长老爷子有钱，给黄老爷子烧香磕头有钱，为什么我们上学没钱？"说罢，我转身，一溜烟地跑了。宣泄完毕，我心里感到轻松。她可是气得脸色铁青，半天说不出话来。她肯定没想到二小子竟敢这样放肆地顶撞她。

事后，我一直心里打鼓，后悔自己的莽撞，特别担心受到父亲的斥责。几天过去，风平浪静，没见父亲发怒，也没见她有什么动静。所谓的"长老爷子"、"黄老爷子"，确有其事。这和她的猎奇心理和迷信思想有关，什么事都想去尝试一番。听一位女佣人介绍，某处女坛主供奉"长"、"黄"二仙，香火鼎盛，求签进香者甚多。于是，她也慕名前往，瞻拜二仙灵光。——原来是一条小青蛇（长虫）和一只黄鼠狼，蜷伏在那里，被捧为神灵。其实，还不是很容易看穿的一种把戏吗？

长大后，我感悟到，这段日子可能是她内心世界发生波澜最为剧烈的时期。日本投降，中国人额手称庆；但做为日本人，昔日的那种优越感（即使不明显地张扬出来）却一下子逆转为自卑感了——今后如何安身立命？会不会降为家庭的二等成员？此等秘而不宣的忧伤，也许当时没有人去仔细体味。她在不动声色中完成了这样精神和心理的演变，而且很快就适应了这种新的现实。不久，她便明白，在家里她没受到什么侵害，也没遭到白眼和歧视。中国人的宽厚，像冬日的炉火温暖着她的心。

抗战胜利后，国民党当局的"币制改革"，加剧了父亲家业的崩溃，家中境况，江河日下，风光不再。她在这场剧变中，表现了能伸能屈的韧性和张力，自然而从容地实现了角色的转换。穿简朴甚至有点寒酸的布衣布裤，她安之若素；吃粗食淡饭，她甘之如饴。这种豁达心怀，为她后来度过更长的困顿日子积蓄了精神基础。

　　有一件事，一直让我萦系于心。解放前，我上的中学，离家不远，只隔一条马路、两三个胡同。每当晨光熹微或月朗星疏，我在家里总能听到学校飘来的那口老钟清悠的钟声。住宿的同学都是外地人，我是走读生。那天一上课，外面就哗哗地下起了大雨，天空像被撕开了口子，大粒的雨点直往下泻。第四节课，我就有点心猿意马了，心里嘀咕：下了课可怎么回家吃午饭？偏偏又没带雨伞。上午的课结束，有的同学撑起雨伞，再凑进两个人相拥着跑到食堂吃饭；有的同学心安理得地躲在教室的一角，掀开饭盒，吃家里带的午餐。而我，一无所有，就决定在风雨中飞跑回家，哪怕浇成个落汤鸡。

　　刚跑出校门，在一片嘈杂的雨声中，似乎听到一个熟悉的声音："小P！小P！"我歪过头，寻找那个声音，发现校门小街的对面房檐下瑟缩地站着一个中年妇人，右手举着一把老旧的油纸伞，左腋下夹着父亲用过的那把讲究的黑布伞。"东妈！"我小声唅叨着，跑过去。她脸上满是雨珠，半个身子已经湿透，裤腿挽到膝盖，赤着脚，下面是一双旧式元宝雨鞋。"您老怎么来了？"我看她那副土气十足的寒酸相，心里有些难过。难道不像胡同里那个走街串巷的卖菜妇人吗？只是没戴斗笠，没披蓑衣而已。我心想真给我丢人。恰巧有同学问我："那是谁呀？"我就含糊地回答："街坊卖菜的。"

东妈含笑看着我，把那把黑伞遮到我的头上，递到我的手里，然后掏出一些零钱塞进我的衣兜，嘱咐我一定要到附近的小饭馆吃顿热乎的午饭。说罢，她踏着泥泞的积水，走向回家的路。我在雨帘中望着她的背影，心里不知是酸还是甜、是暖还是寒。

事隔几十年，想起那位雨中妇人，想起那个濛濛的雨天，我很难抑制心中的泪。我想告诉她，我没有忘记她雨中的身影。

那一年，母亲不在北京。为了减轻北京家的负担，她领着两个妹妹暂时回东北老家，和爷爷奶奶一起过日子去了。

（四）

理性地说，我们更深刻地认识东屋妈，并跟她建立起真正的感情，发轫于1952年冬母亲的病逝。我们兄妹六人此时已跌至命运的最低谷。母亲离去，彷徨无主，真是度日维艰。

母亲病殁后的一个星期日，我回去看那个冷清破碎的家。玻璃窗积满了一层厚厚的冰花，冬日少有的阳光给屋子投入一缕温煦的明媚。炉火烧得挺旺，水壶在炉上嘶嘶地冒着热气。我一进门，东妈正靠在炉边，坐在小板凳上，弯着腰，在洗衣盆里给小妹搓洗衣服。小妹妹自在地在地板上转悠着玩，手里攥着一块点心，身上穿的衣裤干净利落，没有失去母亲的孩子那副邋遢相。眼前这一切让我明白，东屋妈已经成为这个屋子里的女主人，她已经走上这个难当的后妈的岗位，尽管我们还没有向她发出这个邀请。

父亲行事一向很讲章法。大约母亲逝世两个月后，他看我们那天都在家，便踱步从西屋姨房间向我们这边走来。我们照例从座位上站起来迎接他，表示敬意。坐定后，他缓缓地说："你妈走后，全家都很难过，尤其是你们，这个我懂得。"他有些哽咽。我们默不作声。"家庭生活还得继续，你们也需要照顾。我的意思是，以后你们应该管东屋妈正式叫妈，取消'东屋'两个字，顺理成章，这是正理。"我们面面相觑，与其说是沉默，不如说是尴尬，感到这是突然迸出来的问题，觉得这触犯了我们的感情底线。"爹，我对这个问题有不同看法。"我平生第一次同父亲这样平等地讨论。"在我们一生中，在这个世界上，只有一个母亲一个妈，就是我们自己的妈。东妈虽然待我们不错，但她不能完全代替我妈。"语气之强硬超乎我自己的意料。接着，哥哥、弟弟和妹妹也都持反对意见。我们表示，不叫妈并不影响对东妈的尊重，也不会削弱她在家庭中的地位，仍然叫她东屋妈也会更自然些。听着我们的直言陈述，父亲仔细观察我们的表情，沉吟良久，感到我们确实长大了，敢于说"不"，便有些自嘲地说："噢，你们是这个想法啊，也有道理。那就这样吧。哈哈！"说完，站起身，拂袖而去。

那天，东屋妈不在场。事后，她依然故我，该说该笑，操弄家务，一如既往，好像没有这回事一样。

父亲没有正式经济收入，家里人口多，弟妹又小，基本上依靠祖父并不丰裕的房租，确实过了几年艰辛的日子。

有云："近水楼台先得月。"然而，令我们有些后悔的是，我们并没有利用这个得天独厚的条件，跟她学一点日语，只是在不经意中学了一点常用会话。这主要是由于时代的原因——在思想上要和这位日本母亲划清界限，牵扯日本的种种，总是心存芥蒂。

小时候，她和我们在一起时，偶尔也会夹杂着一两句日本话，不管你听懂听不懂。弟弟淘气，她会装出怒意，嗔怪地说一句："达眉！"（可能是讨厌的意思吧）我们长大，甚至参加工作后，回家探望她和父亲，她有时当着我们的面，和父亲你一句我一句地说日本话，我们并不疑心，因为我们知道，这一定是在夸赞我们或对儿女的行为感到满意。

五十年代中期，我患肺病，曾一度由北京回老家休养。我的病号饭菜虽然简单，却也给她添了不少麻烦。清晨，弟弟妹妹纷纷上学，屋里很静，还散发着一股积存了一夜的浑浊空气。我躺在温暖的被窝里，专注地读托尔斯泰的《安娜·卡列尼娜》和《复活》。随着吱拗的声音，东妈推门进屋，打开炉盖，通炉子添煤，一切都是轻手轻脚地。然后，她把盛着"拨鱼"（老北京的一种用筷子拨成的长条带汤的面食）的小铝锅放在炉子上，告诉我："拨鱼做好了，放在炉子上，快起来吃吧，不然该糗了。"——就这样，我每天早餐吃"拨鱼"，连吃了两个月，"拨鱼"遂成为我此后家居生活的传统食品。

第二年，我又回沈探亲，那时我还没结婚。东妈跟我说："你去北京，从家里没带什么东西，衣服什么的都是用布包袱装着，连个提箱都没有。家里有一个旧皮箱，这回你带去用吧。"我看这只皮箱倒是牛皮的，但箱盖的两个角有些磨损，露出白碴，就有些犹豫。"修一下吧，补上一小块同样颜色的皮子，也不碍事。"她拎着这只旧皮箱去到附近的鞋铺、修鞋摊去修，人家都拒不收活。"再不，就到远点的地方试试。"她说。我看她有些倦容，于心不忍。但我并未接过皮箱，自己辛苦一趟，而是眼看着她再去奔波，坐享其成。这是自己的虚荣心在作怪。以"时尚"青年自诩的我，怎么会提个旧皮箱满街转悠，岂不有失体面？

看见她再次风尘仆仆地回来，把修好的皮箱放在我的面前，说一声谢谢，能表达出我内心的歉意和愧疚吗？

二十世纪六十年代初，正值三年困难时期，许多人闹浮肿，面黄肌瘦，而父亲却置身于此行列之外，无疑这得益于东妈的外侨身份。那时实行严格的粮油定量，而且粗粮占较大比重，大米白面被视为稀罕物件；对于侨民则实施优惠待遇，保证细粮供应。东妈把自己的细粮给父亲吃，自己啃玉米面窝头，喝高粱米粥。对此，她却心安理得，不以为意。然而，我却亲眼看见她在没人时，大把地抓起刚买来的白糖放进嘴里，细心咂吧，惬意地咀嚼。那有失文雅的神态，那毫无"包装"的举动，令人记忆深刻。

日本人最喜欢甜食，日本人离不开糖。所以，我每次回家探亲，总要带些北京的蜜麻花、果脯之类的甜品，很合她的口味。她也懂得儿子的这份心意。

谈及东妈晚年生活，不能不提到一个人——花园姨。她是一个日本人的遗孤，从小生长在中国，解放后凭借一技之长，在市里一个医院当护士。她人很漂亮，穿戴打扮也很时髦，在当时崇尚艰苦朴素的时代氛围中，走在街上，肯定是一道惹人注目的景观。头发烫成波浪型，穿一件刚过膝的黑白相间、有细碎斑点的呢大衣，略施粉黛，浑身上下一尘不染，光可鉴人。她年轻，要比东妈小二十岁，只能算个忘年之交。有时她来串门，碰上弟弟妹妹在家，东妈便笑着介绍：就叫花园姨吧——因为她的住处离那个鲜花盛开的街心公园很近。同为老乡，有说不完的话，她每次来都给东妈带来快乐。谈日本的风土人情，说日侨的家常里短……大声小气地说着笑着，叽哩呱啦地全是日本话。我们在前屋听得懂的大概只有"一得斯内"（对吧，是吧）。她对东妈很敬重，一直叫她"奥巴桑"（伯母）；偶尔见到我们，总是礼节性地称赞几句"长得那么高哇"、"很懂礼貌呢"之类的话。

可惜，东妈的这位年轻朋友，20世纪60年代初离开中国，返回日本，后来便失去音讯。这使东妈的晚年少了一份乡情和友情。

"文革"风暴呼啸而至。她为父亲的险境和不测命运担忧。在他被红卫兵隔离的那些日子，她忧心忡忡，坐卧不宁，不知怎样分担一点父亲的煎熬。每天送饭是她既宽慰又慌悚的事情。为了使父亲保持一点体力，支撑眼前的这一难关，也为了让他知道家人对他不变的关爱，她每顿饭都偷偷地在饭盒底部放进几块肉或鸡蛋之类有营养的东西，而在上面覆盖米饭、玉米面窝头或白菜土豆，以掩人耳目。后来，他安然回家，并未见他清瘦羸弱，体虚力支。大家清楚，这里面有她的劳绩和心思啊。

文革浩劫期间，我们昆仲兄弟除了简短的书信往还，已有七、八年未曾聚首晤面，也未与父亲、东妈共叙天伦。一九七四年春节，我偕妻儿回家探亲。大家极为珍视这次团聚，弟弟一家从外地赶回老家，小妹妹也从插队的农村回来，共襄盛举。哥哥和两位妹妹极尽地主之谊。大家几个月前就省吃俭用，积攒粮、油票和鱼肉等副食品，为这次阖家团聚做准备。东妈那年已是六十多岁的老人，为了让大家过一个好年，她多少日子前就筹划再三，买什么，做什么，煞费苦心。寒冬腊月，她蹲在地上，在冰冷的水盆里拾掇带鱼，泡冻豆腐，冲涮独具东北风味的酸菜，却毫不吐露自己的腰酸腿疼。

年夜饭，其乐融融。大家挤在大桌周围，举杯换盏，笑语盈盈。弟弟的女儿，还落落大方地唱起当时流行的革命歌曲。席罢，曲终人未散，大家自找地方，东倒西歪地睡下。哥哥和弟弟因酒醉已躺在炕上酣睡，几个孩子被安置在火炕的一边，我因是远道的归"客"被指定在由三把椅子拼成的"卧榻"休息。老父靠坐在桌旁，用一只手托着头假寐；东妈在临时搭的地铺一角蜷着腿睡着了；至于几位妯娌和妹妹们，则是随意找个空隙，随遇而安。多年之后，我们想起那个除夕夜晚，父亲和东妈的睡态以及委曲求全的良苦用心，仍喟叹不已。

我七岁的儿子是第一次回老家，也是第一次见到爷爷奶奶（女儿是第二次），自然得到老人的钟爱。日本奶奶拉着孙子去胡同口的小铺买鞭炮，一路小跑，嘴里还唱着小曲："必齐，必齐，加普，加普，浪浪浪！"（大概是日本童谣）。碰上邻居的老太太，她喜不自禁地告诉人家："这是我孙子，北京回来的。"她还把从北京带来的"前门"和"恒大"牌香烟，慷慨地送给大伙，让大家尝尝当时不易买到的好烟。

胡同里的老太太有时会三三两两地来找东屋妈："走哇，老太婆，该咱们值班了！""欸，我就来！"她总是爽声答应，高兴地戴上治安袖章，跟着大妈们一起去站岗巡逻。对她而言，这是一种义务，更多的恐怕是一种受到信任的欣慰。

家里人少的时候，她坐到我跟前，柔声细语地说："小P，我要是回日本看看，对你们有影响吗？是不是对你们的进步有影响？"她的声音里夹杂着歉意、企求和无奈。看我一脸茫然和模棱两可的回应，她心里清楚：我们都是坚定的爱国者，也都是各自岗位上的积极分子；而她，想回国探亲也是人之常情，也属于正常的心态。可在当时的时代背景下，让我们怎样表态呢？

中日邦交正常化和粉碎"四人帮"，使东妈的回国探亲之旅得以成行。1977年的一天，一个电话打到妻子的工作单位，说东妈已到达北京，进行短期参观游览后，即乘机飞往日本，这是中日两国为日侨组织的一次活动。闻讯后，我当即携儿子前往建国门外日侨归国人员的住所。这里原为东欧社会主义国家留学生的公寓，一座多层楼房。我们在一个房间里找到了她。回日本探亲者多为日本老太太，中国人的妻子。室内窗明几净，宽敞明洁。东妈衣着素雅，略显疲惫，但见到我们十分兴奋。我们给她带去龙口粉丝和果脯、蜜饯之类的北京土特产品。当时，咱们的商品经济还不甚发达，龙口粉丝虽然有名，包装却不讲究，只以细纸绳一捆了之。我和妻子就买来丝绸带，一捆一捆地包扎，装入盒中，才略显美观。当然，老家的儿女们也各有馈赠。

我的两个孩子从这天起，才知道他们的这位奶奶，不是中国人，而是日本人。

在这种时刻，说话有些拘束。孙子用迷惘的眼光看着奶奶，揽着她的手，听大人说话。东妈只是惦记着爹的生活和健康，也叮嘱孙女、孙子一定要用功学习。

离别时，东妈送我们到楼梯口。我们一再请她留步。男孩眼泪婆娑地对奶奶说："奶奶，早点回来。"奶奶含泪点头："知道。"

我俩出了大楼，走向空旷的院子，回头向楼上寻觅，东妈还站在三楼窗前，向我们摆手，缓缓地摇动她的手臂，直到视线模糊，一片朦胧。

我们不知道她是否还回来，也不知道这是不是最后的见面。

半年以后，她回来了！

那天，她来到我在北京的这个小家。这是我结婚十几年，她第一次，也是此生仅有的一次光临这个家，只有几个小时。

她盘腿坐在床上，一动不动，不操心拿碗，也不去动手安放筷子，只是尽情享受这份宁静和温馨。妻子在厨房烹炒煎炸地准备一桌丰盛的晚餐。孩子们陆续放学回家，见到奶奶，雀跃般地投向她的怀抱。她忍着眼泪，没有什么话可以表达她这时的喜悦。

她送给儿媳一块手表，送给孙女一幅可作外衣的呢料，还用外汇券买来一架飞人牌缝纫机。我懂得她此中的快慰。她是在传递一种情感，传递几十年来，儿女们曾经给过她的那种情感。

在日本，她住在姐姐家，也曾到妹妹家小住，受到亲人和晚辈的热诚接待，并专程到父母的墓前凭吊。此次故国之行，使她足慰平生，一偿思乡夙愿。她还见到了一个现代化的日本。

回来后，她没有绘声绘色地向家人或邻居描述日本大都市的繁华和日本人生活如何富裕。她很快又进入原来的环境，恢复常态，又做起一个中国的老妇人。

她只是诙谐地对家人讲述：回国的最初几天，家庭聚餐，别人面前只摆着酒盅大小的饭碗，而自己心里却嘀咕两口就会把它吃光，微露窘态。说着，她放声大笑。她说，在那里她一点也不感到"低气"。

那么，她为什么还要回中国呢？

　　道理很朴素：她与父亲几十年情笃意真，相濡以沫，应当共此残生，漫长岁月，使她深信不疑，这些儿女一定会给她养老送终。她挚爱这片土地，尽管中国还有点穷。

　　在她生命的最后几年，老屋的西墙上悬挂着一幅镶了镜框的题字，上面用毛笔写着几个苍劲的汉字：

乐以忘忧

　　为布川氏

　　　　　　　　千叶县知事　川上纪一

　　它默默地悬挂在那里，守望着。时间长了，没有人再去端详和揣摩它。但我们知道，它在她心中的重量。它时时向她传送着一个信息——家乡没有忘记她。

　　1982年，日本有关方面肆意修改教科书。面对广播电台的采访，她以一个侨居中国多年的日本妇人的身份，义正辞严地表示：日本军国主义侵略中国的事实，不容篡改和美化。——表达了一个日本人的良知和正义感。

　　东妈逝世，父亲用日文向她在日本的亲属发出讣告，表达深切哀悼和慰问。

　　东妈辞世不久，她的妹妹（日本姨）随某参观游览团访华，曾特意到我家老宅凭吊她的姐姐。时当新建楼区，老旧房屋已被拆除，父亲临时暂住别处，未得晤面。得讯后，哥嫂陪同老父赶到宾馆，与她会见。暌违多年，父亲的皤然白发，她铅华殆尽的老态，彼此自有一番沧桑之慨。

1996 年，父亲仙逝，经子女们计议，决定将先后作古的三位老人合葬。坟冢极其普通，墓碑极为简朴。墓碑正面镌刻着："先父耿维耕　先母田肃德　布川重子　之墓"。（其实，由于城市建设，土地变迁，我母亲的遗骨早已不复存在，墓中只是一空骨灰盒。）

芳草萋萋，风雨萧萧。他们夏听虫鸣，冬被瑞雪，长眠于此。

东屋妈谢世后，中国发生了天翻地覆的变化，国强民富，已非昔日凋敝的旧中国可比。我感慨良多地对孩子们说："现在，日本的寿司在各大超市俯拾皆是，日本歌曲《北国之春》《樱花》随处可以听到，栗原小卷、中野良子这些日本明星，中国人早已耳熟能详。可惜，你日本奶奶去世太早，如果能活到今天，她看到、吃到、听到这些，该是一种怎样的心情啊。"

她是一位中国的老太太，也是一位日本的老妇人。既有中国的血肉，又有日本的骨骼。时代赋予她一个别样的人生。

魂兮何所依？神州大地。梦兮何所寄？东瀛故里。

东屋妈安息了，在那个静穆的天国。

"无边丝雨细如愁"

——回眸西屋姨

西屋姨与父亲结缡入嫁我家，风风雨雨几十年，悲多喜少，用一个"苦"字来形容，不为过分。她一生刚强聪慧，谙于世事，工于心计，始终游离于憧憬与现实之间。然而，命运未曾眷顾于她，她苦涩的生命没有得到些许福祉和甘霖，倒是一波波的阴霾常常伴其左右。至今，想起她，总有丝丝酸楚沉积在心头。

第一次见到她，大约是在1940年的冬天，我老家的那个城市。一个少女站在东屋妈的房门前，寒风料峭中，穿着一件深绿色的呢大衣，戴着一顶当时流行的咖啡色毛线帽，下面露出整齐的短发，圆圆的苹果脸清秀而红润，个子不高，通身散发着学生气质。她高中刚毕业，那时没有什么真正的大学可上。于是便专程找到曾经当过她老师的东屋妈来求职。她娓娓地低声说话，神情恳挚，执礼甚恭。——这就是她当年叠印在我心中的第一印象。逝水流年，我的记忆已日渐朦胧，但那个溢动着青春的倩影，依然在我的记忆中飘动。这位年轻的女性，日后便成为我们的第三位母亲——西屋姨。几十年，我们一直都习惯地叫她姨，而"西屋姨"则是父亲授给她的"职称"。

她比哥哥大八岁，比我大十岁。

西屋姨进门初始，并未直接入住我家（尽管父亲在家中院子的一隅，为她专门盖了两间别致的房子），而是另觅僻处，赁房别居，在离家不远的某邮政局局长的新房舍中，租下两间宽敞的大瓦房，栖居下来。父亲酬酢之事颇多，并无可能天天和她相聚。衣食无愁，环境恬静，心情怡悦，这也许是她婚后漫长岁月中最自在、最惬意的一段时光。

也就是在这段期间，西屋姨生下了她的第一个孩子，是个女儿，父亲很喜欢她。不幸，才几个月就因病夭折。

不久，父亲只身前往北平，开拓商机，其他眷属都留居老家。那时，伪满洲国和关内的敌伪政权，分属不同国度，两地间打一次长途电话，颇费周折，往往需要两三个小时才能接通，而且充耳皆是杂音。有一次，父亲打来电话，我们依次接听父亲的训诫，除了询问我们的学习状况之外，还向我们布置了一项令人意外的任务：节假日要常去西屋姨的住处看望她。那时年幼，虽然不解其意，也只得硬着头皮去领受这份不感兴趣的差使。到一个完全陌生的地方去探访，对我们倒是有一定的吸引力。但又想，我们到底和她有什么可说的呢？心里不免有些发怵。

西屋姨住的地方，青瓦灰墙，屋舍俨然；一个长方形的院子，阒无一人。她的住房又处于庭院的深处，更显得格外清雅。她把家收拾得清新朴素，窗明几净。无论是墙上的画，还是桌上的摆设，都有一种淡淡的文化气质，没有丝毫奢华的迹象。我们一去，无疑给她孤寂的生活带来几许乐趣，她当然热情招待。她懂简谱，和我们一起唱歌；她善言辞，给我们讲故事。最后的项目是吃一顿平时吃不到的小家小户的适口饭菜：小鸡炖蘑菇、猪肉宽粉条、焖扁豆等。我记得她还送给我们那时颇为时髦的轻纱手绢，颜色有淡蓝的、绿的、黄的，上面缀印着蝴蝶、花卉之类的图案，从衣兜中拿出来，会散发出幽幽暗香。每次去她那里都是一次欢快的旅行，每次去她那里都使我们乐不可支。何乐而不为呢？

但是，到后来我们悟出一点玄机：那不是平常的串门和拜访，而是别有寓意的设计——代替父亲去他年轻的妻子那里进行监察和抚慰。这也是一种怀柔政策。有趣的是代他执行的竟是三个浑浑噩噩、世事不知的毛头小子。

纵观她与父亲几十年的姻缘，尽管后来发生了婚变，但质言之，她一直受到父亲的疼爱。她年轻丽质，聪慧伶俐，只是偶尔略欠沉静。闲时，父亲间或跟她调侃和戏谑，她也敢于对父亲说一些嗔怪的话。这在他的妻室中是很少见的事情。

她是烹饪高手，是家里的首席"掌勺"。无论是家道殷富之际，还是生活困顿之时；无论是大锅饭，还是小灶菜——她都得心应手，操之有术。父亲一生喜欢她做的饭菜。二十世纪四十年代中期，一个细雨霏霏的夏日，蛰居北平的父亲雅兴骤至，在琉璃厂订制的带水印的信笺上挥毫，邀请一位旧相识来寒舍小酌。客人应约而至，欣然入席。廊下雨中啜饮，自有一番雅趣。推杯换盏，谈天说地，酒过三巡。客人对盘中一道菜蔬格外垂青，遂频频下箸。此公乃卸任的京畿知县，官场酒宴涉猎颇多，素以健啖自诩。席终，他执意要厨师出面，以探询究竟以何种原料、佐料烹制出此种稀罕菜品。及至西屋姨翩然出现桌前，告之：此菜仅以西瓜，削去绿皮，取其白肉，切成菱形薄片，清炒而成。客听罢，击掌大笑且大悦，对此精妙而简约的烹术盛赞不置。

然而，后来做饭竟成了西屋姨的一大累赘。抗战胜利后，物价飞涨，货币贬值，家道中落。家中既无厨师，也无佣人，做饭一职落到了她的头上。她慨然担当起大师傅，掌管全部厨事。"巧妇难为无米炊"。粗粮常充斥在饭桌上，家人难以适应这种骤变和落差。但她略展身手，粗粮细作，什样翻新，做出的丝糕、枣窝头、白薯粥之类的饭食，仍然令我们几个正值成长期的毛头小子吃得津津有味，风卷残云一般，成了为这位厨师捧场最力的食客。

她是家中的女秀才。由于学生时期的课业基础殷实，自己又好学不辍，注意知识积累，尽管居家日久，羁于柴米锅台琐事，但她的锐气和睿智并未销蚀多少。从她日常生活中，亦可见一斑。有时看到我们做代数题，她会情不自禁地用东北口音背出因式分解的公式 x + y = ……（y 读成歪）；听到我们念英文，她也会在旁边调侃地念叨："Father, mother, 敬禀者，儿在 School 都 Pass，只有 English 不及格……。"而且，她也会兴致盎然地吐出初学英语者爱说的那套顺口溜：one 是一，two 是二，火轮船 steamer，一块洋钱 one dollar 之类。兴之所至，她还会扬起头朗声念道："朽木不可雕也，粪土之墙不可杇也。""爱之，能勿劳乎？忠焉，能勿悔乎？"诸如此类的孔夫子的传世箴言。至于亚圣极具思辨的篇章，她更能如数家珍地张口就来："孟子见梁惠王……孟子对曰：'王好战，请以战喻。填然鼓之，兵刃既接，弃甲曳兵而走，或百步而后止，或五十步而后止。以五十步笑百步，则何如'……"

有时她还会诗兴大发，背诵几句唐诗，然后就"平平平仄仄，仄仄仄平平"地背起"平仄谱"来。这使我们颇感惊异，因为那时我们还未学过几篇古文，对于唐诗也只限于"床前明月光，疑是地上霜"的水平，听到她如此这番教化，觉得她真是满腹经纶的文人墨客了。二十世纪四十年代，我升初中，欲报考离家较近的一所中学。在准备入学考试时（那时，由各校自行命题，自行考试，各校使用的课本也五花八门）对作文一项颇费踌躇，难以预测作文的命题。这时，西屋姨为我臆测了《我最高兴的事》、《我最愤怒的事》，还有《我为什么报考××中学》等几篇命题。我记得在上述最后这篇命题作文中，她曾为我设计了这样两句话："素闻×中先生，品学才华超然出拔……余神往之。"也许这句溢美之词打动了阅卷老师？——我竟顺利地被录取了。

那时，家里订有几份报纸，其中包括成舍我主办的《世界日报》。此报纸持论比较平和，文化教育方面的讯息较多。看报成了家人的一种文化习惯。我常常利用中午回家，一面扒拉饭，一面匆匆把一份《世界日报》看完了。大人看报纸，常因某个词语的读音和词义产生歧见。遇到一个字，有人说该这么唸，有的人却说该读那个音，莫衷一是。比如，当时广告刊登西长安街的国民大戏院（解放后更名为首都电影院）上演的影片《舐犊情深》，这个"舐"是读"shì"，还是读"dǐ"；社会新闻中刑事案件审判"褫夺公权"的"褫"是读做"chǐ"，还是读做"dǐ"（前者应读"shì"，后者应读为"chǐ"），家中的女眷们各执己见。结果一查《辞海》和《辞源》，证明还是西屋姨读得正确。"闹了半天，还是你姨说的对呀。"妈妈这样赞许地说。

她的床头总是摆放着一部线装的《秋水轩尺牍》和一部有些陈旧的《古文观止》。我不知道她是否有多少时间去翻读它们，但我想她一定是用这样的古代文化和清雅古趣来销融她在现实尘世中的悒郁。

那时，她患胃病，经常蹙眉捧胸，作苦楚状。但她仍极为嗜茶，热衷品茗。她有一把自用的紫砂壶，视为佳品，用来沏茶。这把茶壶呈褐赭色，古色古香，颇具雅韵，上用阴文镌刻一首乐府诗："青青河边草，绵绵思远道。远道不可思，宿昔梦见之……枯桑知天风，海水知天寒。入门各自媚，谁肯相为言！"——这不正是茶壶女主人孤芳自赏、顾影自怜的清傲性格的写照吗？

回眸西屋姨几十年在家庭中的行为轨迹，虽然她偶露锋芒，恃才傲物，但素日待人平和，并不针尖对麦芒地对待家务纠葛。尤其是家庭境遇每况愈下，她能在困顿中"安贫乐道"，恪守初衷，厮守着父亲和自己几个幼小的儿女，度日维艰。从她的年龄和处境来看，实为难能可贵。何况，年纪稍长于她的南屋姨的入门，对她的精神不啻于重大打击，然而，她却泰然面对，坦然接受一般女性难以忍受的现实。这种气度和无奈所表现出的理智，在旧时代，恐怕也是不多见的。

应该说，她对我母亲始终怀有尊重之情，母亲也以长姐之谊宽厚待之。她们之间无甚芥蒂。母亲病重时，她以柔弱之躯，气喘吁吁地背着她送上马车去医院的情景，那恳挚而蹒跚的神态，至今仍留在我们的心际，成为家中长久的话题。

二十世纪六十年代初，我弟弟结婚，正值三年困难时期，物资匮乏。西屋姨在自己并不宽裕的情况下，购买枕套床单之类结婚用品，送给这两个清苦的大学生。"你们俩结婚，珠联璧合。我没什么可送的，这点东西，只是为了向你们表示祝贺。"这无异于为他们那个简朴得不能再简朴的"结婚进行曲"，增添了几许温馨的"音符"。

　　然而，在一次家庭风波中，也曾让我见识到西屋姨性情的另一面。那是在日本投降后不久，大约是在 1946 年。也许是为了发泄对东屋妈擅权、把持家务的不满，也许是由于什么偶然的事情做为导火线。有一天，西屋姨怒不可遏地两手叉在腰间冲着东屋妈住的西跨院（她的西厢房正好邻近跨院），指桑骂槐、抑扬顿挫地高声喊着杜牧的名句："商女不知亡国恨，隔江犹唱《后庭花》!" 如是者数。东屋妈可能不知道杜牧这首诗的底蕴和来龙去脉，但"亡国"二字，她却听得真真切切，当然，气得怒火中烧。她本想也疾言厉色地迎面争辩几句，稍解胸中闷气，但后来还是欲言又止，把这番怒气咽到肚子里。从此，她俩始终不睦，彼此心照不宣。这大概是我目睹的我家妻室纷争最为明火执仗的一次。

　　为了摆脱旧家庭的束缚，接受新时代的洗礼，她在 1950 年代中期，毅然参加了社会工作，成为新社会的一员。毕竟在家庭琐事和锅台旁边蹉跎了十数年，使她见闻闭塞，视野狭促，她就拼命地苦学，极力践行新的社会实践，把自己融入新时代的潮流中去。她秉烛夜读一本本医术药典，记诵一串串枯燥无味的拉丁文，虚怀若谷地向内行人求教，进修学习。她竟成了医院的一位称职的医生。在这背后，人们并不知道她这一蜕变和进化的过程，岂可以一个"难"字来描述。这期间我们这些人已先后离家，独立生活和工作，走自己的路。而她则以自己的劳动所得，与父亲一起担负起抚养孩子的责任。

文革风暴席卷全国，父亲和他的这个烙有"旧"字印记的家庭当然无法幸免。家里尚有的一点名人字画、古董器物等，或被砸毁，或被抄走，不知所终。在"横扫一切"的声浪中，如坐针毡的西屋姨，审时度势，思忖再三，横下一条心，理智地向父亲提出离婚。这样既为洁身生存，也是为了子女日后的成长和前途。父亲当然顾虑重重，但终于明白，这种不合时代的婚姻，终难维系，便也"慨然"应诺，两人办理了离婚手续。离婚对他们是辛酸的抉择，因为，他俩的感情并没有破裂。

父亲的老泪纵横，面对着西屋姨凄苦的脸。从此，他俩分道扬镳。

后来，西屋姨带着几个年幼的孩子去农村走"五七"道路。对于一个孤单的女性，那是一条何等艰辛的路途？寒凝大地，举目无亲，她以自己的毅力和坚韧，终于盼到了粉碎"四人帮"，落实政策，回到原来的城市。这时，她已被岁月销蚀得日趋羸弱。后来，我们从未听闻她讲述过这段风雨如晦的经历。不言而喻，她是把苦水一滴滴咽到自己肚子里去了。

1974年春节，我偕妻儿回到阔别八年的老家探亲。一个寒风凛冽的上午，我们正在屋中闲谈，突然，一个不速之客推门而入。来者是个敦厚的少年，一身农村打扮。我正发愣，父亲介绍说："快见你二哥二嫂！"他行礼如仪，我们也连忙站起来，和他打招呼。他是西屋姨最小的孩子，也是我最小的弟弟。他回城办事，同时来看望父亲，正好和我们邂逅而遇。文革前，我见到他时，他还是个稚童，今番相见，他已长成半大小伙子了。见到他，我顿感凄楚，我知道他们这几年生活得大不容易。他举止有礼，略显拘束，坐在热炕边上，和我们一句一句地对答着。正巧，东屋妈已烙好了家常饼，并炖出一锅香喷喷的叉烧肉，我们劝他先吃了午饭，再赶下午的返程火车。一边说话，一边看着他大口大口地吃着叉烧肉卷烙饼的神态，令人发酸。当时我的经济状况也谈不上富裕，但他们的日子肯定还要苦。他就要告辞，我掏出几个钱，给他做路费和零用，并把他送到屋外。父亲则匆匆戴上那顶旧呢帽，冒着寒气，一直把他送到胡同外的街角。我不知道父亲和他说了些什么，也没问他是否还另外又给了他点钱。我心里早有了明确的答案，因为我全部理解父亲的感情和心态。他能忘记他那个无助的妻子和她那群失去父爱的孩子吗？

父亲回到暖融融的屋里，我看到他一脸黯然，眼角含着泪。

应该说，这个最小的弟弟，在父亲的晚年，经常回家看望老父，陪他洗澡，给他揉背，送去食物，是颇费了一番心思的。

东屋妈于80年代中期病殁，父亲失去了精神支柱，饭食也不像先前那样适时适口。经过一段时间的矜持后，他拄着拐杖，前去探望路程并不很远的西屋姨。经落实政策，她有了一间住屋，总算有了栖居之处。父亲又可以盘腿坐在小炕桌旁，啜饮温烫过的白酒，吃上曾经那么熟稔的她做的饭菜了。当一盘一碗热气腾腾的饭菜端上桌子，当看到昔日妻子的花白头发，当满心愧疚欲言又止的时候，他能不感极而泣吗？在这个只有他们两人的世界里。

从此，西屋姨的家成了父亲的心灵驿站。只要腿脚方便，他间或会到那里憩息，撷取最后岁月的一点温情，寻找早已飘零的一片碎梦。

我最后一次见到她，亦即"文革"后近30年仅有的一次见面，是1995年的夏天。那一年，父亲病笃，我闻讯搭乘火车赶回老家。车站上，照例是我辈手足们的盛情迎接。坐在面包车上，我目不暇接地搜寻昔时的回忆，哪是新华书店，哪是常去的电影院，哪里原来是整天转着粗斜条纹彩灯的理发店……直达的目的地当然是父亲的病榻。弟弟和妹妹告诉我，西屋姨今天来看父亲，听说我回家，故意没走，希望见见面。

我心茫然。几十年未见面，相见的那一刻会是什么样的场景？进入家门，西屋姨的几个儿女几乎都在，可谓济济一堂。我首先到床边问候父亲，然后和大家一一寒暄，不胜唏嘘。大妹低声说："西屋姨来了。"这时西屋姨从另间屋子款步走来，我快步迎上前去，喊了声："姨！"深深地鞠了一躬，然后扶着她的双臂，伸过头去贴了她的脸，眼中含着泪。"回家了？"她激动地，声音有点发颤。接着弟弟也忍泪前去和她拥抱贴脸。真是世事沧桑，哪里还是那个精明强干的西屋姨？我面前分明是一个瘦弱苍白、形容枯槁的老妇人。而我们，则早已失去了童真，变得斯文而老道。所有逝去的时间和空间，都在这一刻沉寂了，一切的酸楚都在这一瞬凝固了。被命运磁化的你我他，驯服地颠簸在那个大磁场之中。一切都变了，不变的只是那隐约的记忆。

我们说了些久别重逢的问候，表示了对她健康的祝愿。姨移动着目光，环视我们，然后提升调门，略显郑重地说："今天看见这么多人，心里非常高兴。你们成长到今天真不容易，都是自己努力的结果。家里给了你们什么呢?"接着，他沉思般地回忆起，我们之中的谁一直顾念着这个家，谁谁一直往家里寄钱，供养老父……听到她这番几十年后说出的肺腑之言，令人感慨系之。这时，父亲靠在靠背上，闭着眼睛，在心里咀嚼着所看到和听到的这一切。

吃饭的时候到了。大家走向餐桌，按长幼齿序，西屋姨居中，哥哥和我分列两侧，余则依次入座。桌小人多，有的人只好端着饭碗，站在后面进食。饭菜也许算不上美味珍馐，但这是几十年难得的一次家庭聚餐啊。这顿饭与几十年前不同，不是西屋姨站在炉灶边掌勺，犒劳我们，而是由我的小妹妹和一位侄女张罗全部厨事。

这是一次含泪的盛宴，一次春天和秋天的对话，一次沧海桑田的宣叙。

这是我和西屋姨的最后一次见面。

"无边丝雨细如愁"。半年后，西屋姨因病遽然辞世，比父亲早走了半年，迁居到另一个陌生的世界。哥哥弟弟和妹妹到灵前祭奠凭吊。

　　我想起，在某次众人聚会的场合，在匆匆的交谈中，那个小妹妹（西屋姨最小的女儿）凑到我的跟前，动情地对我说："二哥，我小时候特别盼望你从北京回家探亲，每次都带回不少好吃的北京特产。"我端详着她，极力在记忆中搜寻她儿时的小样子，可惜完全聚拢不起来了。但她这句感情凝重的话，却搅起心绪的潮汐。年轻时，每次回老家，放下行装，略事喘息，不顾旅途劳顿，总是拿着带回的食品，忙着去那边问候西屋姨，并看望小弟妹们。那时，他们还很年幼。如今，她已为人妇人母，还凝蓄着这份纯真的情愫，令人感叹。

　　呜呼，西屋姨，拂尘御风西归。愿您在邈远的云的那边安息。

"此恨绵绵无绝期"

——露水姻缘南屋姨

南屋姨正式进入我家，大约是在 1946 年。那时父亲的商事已呈颓势，家境已露败象。少年时代的我，颇感费解，为什么因家室之累已如牛负重的父亲，还有心思拈花弄草，迎纳一位新欢，岂不是叠床架屋，自讨苦果？

南屋姨此时挤进这个已人满为患的多支系家庭，难道不感到尴尬且不合时宜？尽管这位美丽的女人笑吟吟地来到我们中间，但无疑又给这个家庭增添了一个隐患。几十年已经过去，回顾这段露水姻缘，我不禁嗟叹它的随意性和轻率性。对此，父亲难辞其咎。那么，对于南屋姨，难道不是她一生中最具伤痛的一次选择吗？

她身材修长，明眸皓齿，一头金发披落两肩，平时穿衣打扮并不刻意雕饰，却有一种淑静的清秀风韵。冬日，她喜欢穿一件金黄色的翻毛皮大衣，更显得亭亭玉立，增添几分洋气。

南屋姨没过门之前，曾经有过几年白领职员的经历，接触过外面的世界，领略过社会生活的多彩与苦乐，这一点有别于家里的其他女眷。虽然这时她已落入家庭樊笼，披肩秀发已改成规范式的传统中年妇女的发髻，但她凡尘之心犹存，职业女性的习性依稀可见。我们从她那里每每可以看到这个家庭所缺失的那种新鲜气息。

她进我家最晚。北平家的那个四合院，人居密度已呈极限，她只好蜗居在邻近大门的那间小屋。家庭气氛的窒息，加上生活空间的局促，对于天马行空惯了的她，自然会感到郁闷难耐。那时父亲长年下榻在西屋姨房中，她平日只能匆匆和父亲见见面，说上几句搭讪的无关紧要的话，余下的日子就"躲进小楼成一统"了。什么恩爱亲暱，均成明日黄花，陪伴她的只是孤独、清冷和失落。昔日的海誓山盟，卿卿我我，悉成泡影。

胡同里的叫卖声或远或近，或大或小，时不时地从窗外飘了进来。

"王致和的——臭豆腐"，声音豁亮干脆；"铁蚕——豆欻"，又是那个沙哑粗壮的声音；"磨——剪子——磨刀"，灌入耳中的是一串高分贝的叫喊。还有收购旧物的"打小鼓"的单调的碎鼓点儿声音，一股脑儿扑向这间孤岛式的小屋，频频提醒这位女主人：人间尚有烟火在。

也许，南屋姨平和的性情和随遇而安的心境帮了她的忙，使她在这个利益碰撞、矛盾四伏的环境中，得以生存并熬过了三四年的时光。由于她的地位，决定了她在家中既无权利，也无义务；既不谋家政，也不忧生活；只要安分守己地过自己的小日子，就算扮好了这份超然的角色。在我的记忆中，她从不摇唇鼓舌，拨弄是非，也从未邀宠争风，锱铢较量，是一个好打交道的人。对于我们这些孩子，她显然是一位平易随和的长辈，总是和颜悦色，没有与人发生过纠葛。

我和她之间，除了晚辈和长辈的关系，也可说是一种忘年交，平日说话交往没有那么多的拘束。她生下一个女孩后，我常在功课暇余时，跑到她那间小屋，坐在小板凳上，逗那个稚幼的小妹妹玩。我们山南海北地聊天。南屋姨兴致勃勃地讲她看过的电影，讲她熟悉的电影明星，还讲她自己过去的故事。我感到她的思想"新潮"，想象能力并不囿于当时限定给她的疆域。

她喜欢文学，爱读小说。我刚上初中，所就读的那个中学的图书馆名为"仲三图书馆"，有可观的藏书。那时，我正痴迷于阅读中外文学名著，常从偏爱理科的同学手中聚敛多个借书证，这样，一次就可以多借几本文艺作品拿回家，晚上凑着黯淡的灯光，倚枕饱得纵览之乐。老实说，这对我日后的文学素养，有着不可轻觑的启蒙作用。南屋姨也因此获益不少，因为她可以看到一些她心仪已久的文学作品。"喂，小P，下回借一本小仲马的《茶花女》，行不？"我当然遵命。"茶花女"凄婉跌宕的人生遭际，成为她心灵的颤音。她为那位玛格丽特的悲剧命运而感伤，为她和阿芒的聚散而慨叹不已。看了《两地书》，她为鲁迅和许广平之间高尚纯洁的爱情而心生敬佩。她从老舍幽默犀利的语言中窥见了底层小人物的众生相；也从巴金的《家》、《春》、《秋》中感悟到了封建大家庭的腐朽和年轻叛逆者的曙光。她沉湎于广漠世界的芸芸众生的各种故事之中。这对处于精神干涸期的她，无疑起到了"润物细无声"的作用。

光复后，国统区上映了一些新的影片，像《大地春回》、《失去的爱情》等，是由金焰、秦怡一些人主演的。热衷电影的南屋姨当然想去一睹为快。但是，她不可能与父亲出双入对地挽着胳膊去影院看电影。一是父亲不喜欢看中国电影，嫌市俗气太重；二是这种家庭环境，父亲哪有闲情逸致单独陪她去看电影？

南屋姨爱热闹。有一次她和我们几个孩子结伴去国民大戏院看电影，不料，却发生了比电影剧情更惊心的一幕。电影演到中途，大家正沉浸于情节之中，突然响起啪啪清脆的枪声。有人在黑暗中喊叫："开枪了！"观众席顿时大乱，有人躲在椅下，有人向安全门狂奔。人们都想尽快逃离虎口，楼上楼下挤得水泄不通。娱乐场突然变成了生死场。我们一行，终于夺门而出，一路撞撞颠颠。南屋姨和我们一样飞跑，一直跑到西单牌楼，才算止步，你看我，我瞅你，笑着喘气。

据传，这场风波的缘起，是由于几个国军的荣军士兵（残废军人）欲进影院不掏钱看电影，遭到"弹压席"（解放前，影剧院常在观众席的后部设"弹压席"，由军警宪坐镇，维持治安。）军警的粗暴阻拦。这几个"荣军"大叫："老子抗战八年，你们这帮混蛋，有眼不识泰山……"于是，一阵枪响，驱散了大家的电影梦。

她也爱唱歌。浅唱低吟是她抚慰自己惶惑灵魂的一种方式。1948 年冬，正是解放军围城，北平和平解放前夕，炮声隆隆中，北平等待着黎明。晚上，无休止地停电。家里黑黝黝的，人影幢幢，一切都凝固在黑暗之中。摇曳飘忽的烛光，厮守着寂夜，焦灼的情绪使人难以入睡。为了节省蜡烛和灯油，大家往往先聚在两个屋子里，然后回房睡觉。"蔷薇蔷薇处处开，青春青春处处在，挡不住的春风吹进胸怀……春天是一个美丽的新娘，满地的蔷薇是她的嫁妆，只要是谁有少年的心，就配做她的新郎。"她的一曲《蔷薇处处开》，宛如春风荡漾，在盛开的蔷薇丛中，让人嗅到了明丽的春天的芳香，感受到了春天的来临。她随口唱出的《夜来香》醇厚中融入一种朦胧："那南风吹来清凉，那夜莺啼声凄怆，月下的花儿都入梦，只有那夜来香，吐露芬芳……"声音有点凄恻，似乎道出了她自己的幽怨和自怜。她会唱很多流行歌曲，由于耳边经常听到这些旋律，我们也能哼唱几句。这些歌儿好像成了某种载体，日后听到那些歌，便会油然想起——南屋姨。她的歌是她的浪漫和她的现实之间的错位，是她留下的情感的印痕。

乐观和幽默是她的性格的另一个侧影。你看，高兴时，她会津津乐道地向你讲述她从前当女职员时的趣闻。这对我们这些涉世不深的毛头小子，颇具吸引力。节假日，她和她的同事们结伴，去辽宁的金县和熊岳的果园采摘苹果。这在当时可算是时髦而浪漫的举动，不仅可在果园里敞开肚皮尽兴地大嚼新鲜苹果，而且临走时还能以便宜的价钱装满一麻袋水果带回家。真乃便宜之至！但是，暮色苍茫中，当他们背着大麻袋气喘吁吁地刚爬上火车，火车已鸣笛起程了。她绘声绘色地讲述这些，眉飞色舞，纵情大笑。而我们却沉醉在苹果的香脆滋味的遐想之中。

不知她从哪儿学来的那么多俏皮话，这让听惯了大人刻板教训的我们，听来备感新奇，甚至会忍俊不住。她形容某人其貌不扬，个子矮小，就会说"你看他三块豆腐高"；描绘某人肮脏龌龊，就会说他"两筒大鼻涕"；鄙视某人，不屑一顾，就会撇着嘴说："见了他，忘烦别人。"诸如此类，褒贬人物，入木三分。

北平解放，万众欢腾。一个接一个的秧歌队和腰鼓队走上街头，游行庆祝，街道两旁观者如潮。南屋姨在家里听到阵阵锣鼓声，心潮激荡，按捺不住兴奋，抱着孩子，衣衫不整地跑到街上，踮着脚观赏这从未见过的盛景。嘭嘭的鼓点叩击着她的心。

我记得，那时有一位过去认识的同乡，是一个知识女性，北平刚解放，立即参加了工作。她到我家串门，犹如吹皱一池秋水。这位客人穿一身崭新的灰色列宁装，大翻领，系一条腰带，不施胭脂，解放帽下是整洁茂密的短发，眉宇间露出几分锐气。满嘴的新名词，什么"为人民服务"、"原则性"、"主观"、"客观"之类，让人觉得既深奥又新奇。这件事一时间成为家中的美谈。南屋姨则更是钦羡不已，迭迭地唸叨："人家多好哇，走出家庭，进入了新社会。"

解放了，新的文艺思潮传播很快，大中学校的文艺活动空前活跃。在辅仁大学附中读书的哥哥告诉我们，辅大要演出解放区著名的秧歌剧《兄妹开荒》的消息。好热闹的南屋姨兴致冲冲地也跟我们一起，走三四里路，前去观看。

那天，礼堂里座无虚席。我们坐在二楼前两排的座位上。谁也不知道解放区的文艺表演是什么样子，眼巴巴地盯着舞台的大幕。帷幕拉开，舞台空荡荡地，布景道具极其简单。演员头上包着白色羊肚手巾，一身的农民打扮，边扭秧歌边唱歌，还抡着个大锄头。那田野气息，那劳动激情，那质朴风格，前所未见，令人耳目一新，与以前充斥大街小巷的靡靡之音、华丽旋律，真是大相径庭，不可做同日语。回家路上，我们你一言我一语，谈论自己的感受。南屋姨说："土里土气是农民的一种美，城里人看看这个，也算开开眼界。"

她在新旧时代的边界上困惑，彷徨，并期待着。

"南屋姨走了！"这在我们家无异于一潭死水中爆出一颗炸弹。她走得那么突然，那么蹊跷，那么悄无声息。1949 年夏天某日，她终于离开了这个家，离开曾锁住她青春时光的这个家。为什么会走？怎么走的？谁也说不清楚。事前没和任何人拌过嘴、吵过架，也没有任何蛛丝马迹。家人和父亲发现时，已凤去楼空，整个房间空空如也。我们下了学，到那里看到这一切，不禁感到几许凄凉，感叹人生的聚散悲欢竟会如此倏忽！父亲遭此打击，痛感的不仅是对他自尊心的蔑视，而且是对他的规矩礼法的公然冒犯，当然怒火难遏。但是，碍于他一贯的矜持和尊严，又不愿家丑外扬，只得摆出一副处变不惊、安之若素的姿态，不事声张，静观其变。隔了一两天，从久居此京的姑奶奶那里传过话来：南屋姨那天偷偷打点已准备好的行李，带着女儿悄悄雇了一辆三轮车，径直投奔姑奶奶家，暂避一夜，即登上火车回东北老家去了。父亲愕然，全家哗然。

南屋姨的出走，宣示了她摆脱旧家庭束缚的意志，也显示了她改变自己命运的勇气和胆识，实为明智之举。

三年后的一个春日。老家的那个城市。有轨电车快到终点站（火车站）。乘客摩肩擦背拥向车门，纷纷准备下车。我在人群之中蓦然抬头，看见一位中年妇女正在用审视的眼光看我。"南屋姨！"我心里怦然一跳。我们下车，走到人流不断的路边。她温和地看着我，眼睛有点潮润，我也惶惑地看着她。她穿着一身她曾经羡慕的女干部服，烫过的头发整齐而匀称，神色冷静，但看上去脸上溢出红晕。她正赶着去上班。想说的话很多，但一时语塞，不知说什么好。我想安慰她两句，她也许想给我几句温暖的话，但都消融在彼此的眼神之中。后来，她神清气定地说："看到你真高兴。你长大了。千万不要把今天的事告诉你爹和家里的任何人哪。"我只有唯唯允诺。说罢，她就转身向另一个方向走去，消失在芸芸众生之中，看不见了。我惘然地在街头彳亍，想起了她的那个小屋，她曾经的憔悴，她曾经的苦涩和微笑，那个并不陌生的近在咫尺的南屋姨。我信守对她的承诺，始终没有向父亲提起过这件事，一是不愿失信于她，二是不愿伤父亲的心。

我不知道父亲和南屋姨曾否有过秘约，曾否有过默契，但我确实相信他们真心地相爱过，也曾有过甜美的一页。然而，他们的梦最终破碎了，就如一件精美的玉器，失落到地上，无法补缀。

自南屋姨走后，几十年，父亲绝口不再提起她，家里人也讳莫如深。难道父亲心中真地放弃了对那个人的思念吗？无人相信。那是他终生的隐痛。隐痛是一种温馨。回忆也是一种人生况味。

父亲晚年喜欢长坐和沉默，由浮华喧嚣归于淡泊宁静。他坐在那张旧沙发上，叼着烟斗或那个镶着玉嘴的长烟袋，一坐就是几个小时。他闭着眼睛或呆滞地望着对面已有些发黑的墙壁。他在想什么？或许他在追索尘封已久的幕幕往事，咀嚼自己带霜的人生；或许在记忆的罅隙中会瞬间浮现那个令他饮恨终生的女人——南屋姨，伴着他无声的叹息。

"天长地久有时尽，此恨绵绵无绝期"。信然。

茫茫人海，缥缈星云。您在过着安详的晚年，是吗，南屋姨？

附 录

祭母亲

妈！您听见了吗？我从心底这样轻轻地呼唤您，一如孩提时，那么随意、那么漫不经心地喊叫您。您应该听见。

五十四年前，那个隆冬，那个令人心悸的日子，冰冷的马拉的板车，残雪，荒草——我们把您送到了那个陌生的地方，您的长眠之地。从此"妈"这个词成为我们六个人语汇中的绝响。

您是我们的隐痛，您是我们的酸楚，您是我们深埋心底的愧疚，您是我们心照不宣的终生的遗憾。您把一生都奉献给了自己的孩子。我们不曾、也无法报答您的恩情于万一。我们无法告诉您，我们的泪是多么地苦涩。您的离去，留给了我们一个不完整的人生。

您的善良、贤淑的品格，已经并将继续辐射着我们，直到永远。您应该莞尔而笑，当您听到"奶奶"、"姥姥"或"太奶奶"、

"太姥姥"的呼唤声的时候。

妈，请您端坐在那个高背椅子上面。我弯下腰，深低着头，向您献上我心中那朵缟素的心花。

二儿

2006 年 12 月 18 日

陈　妈

　　她是我记忆中的一缕阳光，是我郁结于胸的一块伤痛。她是我幼年时代的精神偶像，也是我们家庭历史上一位经典人物。如今，吾侪手足（包括未见过她的最小的妹妹），谈起她的时候，仍然唏嘘不已。而我们的下一代则从我们的那份肃穆中懂得了这位女性昔日在家庭中的地位和分量。她，就是二十世纪三四十年代我家的一位女佣——陈妈。

　　我们童年倚着她、偎着她喊的陈妈，一生思念的陈妈，这个"妈"字不是旧时代老妈子的那个"妈"。她是我们的妈妈，是我们的第二个母亲。

　　哥哥出生在 1932 年，当时父亲在北平谋事，找来了来自河北省固安县的佣工陈妈，从哥哥、我和弟弟到后来的两个妹妹都是经过她的扶持度过了童年。后来，父亲偕家人回东北老家，在一个大城市经商，先后开设了几个商号。陈妈也来到东北，1943 年后，又随我们寓居北平。她在我家一呆就是 14 年，和我们结下了不解之缘。

陈妈和我们形影相依。陈妈抱着三弟，
前左为大哥，右为二哥（作者）。

我家是个不伦不类的家庭，既非世代为宦，也非"诗书继世"，只是我的二姑奶奶，清末曾东渡日本留学，我的一位姑姑也曾赴日并嫁给当时的一位政界要人。我父亲则考取了张作霖时代的官费，留学日本，之后又在当时的军阀机构中供职，继而经商。于是，我家的门庭一度被视为富贵人家。20 世纪 40 年代以后，家道中落式微。

当时，除祖父母外，家庭共居的有两支。伯父那一支，有伯父、伯母和大姨（伯父的侧室），还有伯父母的女儿、比我们大十岁的晓舫姐。他们没有什么生计，全靠从父亲的商号中支取每月的例钱，伴着鸦片烟灯，消磨岁月。伯父那一支的日子，显然有些拮据，不是这月把金丝猴褥子送进当铺，就是下月把一件明代的瓷瓶托人卖掉，坐吃山空。

我父亲回到东北后，经营有术，陶朱事业有成，几年工夫积累了颇为可观的家产。祖父母对两兄弟经济状况的悬殊，采取不聋不哑不能当阿翁的态度，顺水推舟，有几年倒也相安无事。但由此埋下了兄弟不和的诱因。

我父亲以"兼祧妻"（旧时代一个男子兼做两房的继承人，称为兼祧）为名，娶了一位文化程度和社交能力皆比我母亲高出一筹的女人，令我们称之为"东屋妈"；又娶了一位高中毕业的女性为侧室，让我们称她为"西屋姨"。

我母亲在旧社会里是一个贤妻良母型的女人，她善良而懦弱，温柔敦厚，但治家理财和社交皆不擅长。她虽未念过太多的书，但婚后父亲延聘旧时的拔贡教她习读《四书五经》，张恨水的小说也读了不少。当时的《十字街头》、《马路天使》等进步电影，对她也颇具影响。至于后来的影星袁美云、龚秋霞乃至周曼华等，她更是耳熟能详。对于父亲的亵渎婚姻，她只得逆来顺受，暗地以泪洗面。

就这样，陈妈以一个中年孀居的寡妇身份进入我家，把全部心血投入这几个孩子身上，融入了这个是非不断的家庭，把我们从摇篮一个个地摇向幼儿园、到小学。

更重要的，他成了我母亲的精神支柱和生活的依托，成了母亲的知心朋友。她自愿把自己和这群弱势母子联结在一起。这是多少佣金也买不来的。

陈妈，缠足，微黄的脸庞，中等身材，抓髻式的头发梳得顺顺溜溜。她夏天短褂，冬天棉袄，总是黑市布、海沧蓝和阴丹士林之类的粗布粗衣。她终生守身如玉。

我们兄弟姐妹相间只有两三岁。到了后来，陈妈扭着小脚领我们到外面玩，常是抱着、拉着，拥成一团，出街入巷，颇引人注目。夏天的黄昏或春秋佳日，陈妈总是愿意带我们到巷口走走。因为大人有大人的事，家里空间有限，容不得孩子们嬉戏闹腾。那时，我们十天八日也见不上父亲一面，他忙于商务酬酢之事，很少在家吃饭。偶尔在家歇息吃饭，也不在母亲房中。对于我们，这倒是松绑了许多，因为父亲在家气氛迥异，我们连大气都不敢出，也就乐得央求陈妈领我们去玩。

我家的南面有个街角，正处于小街的十字路口，是个"卖呆"（东北方言，意为看热闹）的好去处。熙来攘往，市井坊肆，尽收眼底。

坐在石头台阶上，东张西望，却也是一种休闲方式。更重要的是在这里，我们哭闹的几率要低了许多。黄昏，车少人稀，陈妈常给我们"讲古"。讲得最多的还是农村里那个傻兄弟的故事。一向自私尖刻的嫂子处处为难傻兄弟，而那个憨头憨脑的傻兄弟却庸人厚福，吉人天相，每每逢凶化吉，后来又遇上善良美丽的巧媳妇，终于过上幸福的生活。还有一个故事很简单，却使我终生对大蒜产生了好感。说的是一个孩子父母双亡,后母自私而可鄙,把种梨的两亩地,分给自己的亲独生子,而把种蒜的两亩地分给了原配妻子的这个儿子。一年后,父母双亡的儿子吃得红光满面,身强力壮;而自己的儿子却吃得面黄肌瘦,身虚体衰。大笑之余,我们在懵懂中领悟了善与恶的人生真谛。

"小白菜,地里黄,三岁两岁没有娘啊……"随着陈妈的轻声吟唱,我心里想着在干涸的田野里那棵枯黄的小白菜,惦记着那个没有亲娘的小女孩……夏晚在葡萄架下铺上凉席,陈妈领我们呈圆形坐在上面,伸出脚来。"点、点,点牛眼,牛眼花,炒芝麻……"陈妈一面数叨着,一面用手顺序地点碰着每个人的大拇脚趾。民谣骤止,手碰巧点到谁的脚下,谁就算出局。这种枯燥的游戏,竟吸引了我们好长时间,"点牛眼"也就成了我们的口头禅。

母亲茹素,我们这屋的伙食最为简单:大米粥、挂面、面片汤、鸡蛋、蔬菜、豆腐,如此而已。我们上学,最爱吃的是高粱米水饭,大酱拌豆腐。有时,天刚蒙蒙亮,陈妈就起来,乘人不备,悄悄绕过祖父母的住房到南屋的储藏室,从腌缸中掏出几个咸鸭蛋或咸鸡蛋,拿回来给我们吃。这时我们还躺在被窝里,看见陈妈冻得连打哆嗦的样子,听着她说:"真冷啊,你们一会儿添件衣服吧!"我也感到了陈妈的冷。

有一年,大年三十,包饺子。性格乖张的伯父暗地在妈妈专用的方盘里,放了几个猪肉和牛肉混合馅的"鸳鸯"饺子,准备初一让妈妈尝尝她最忌讳的牛肉的滋味。细心的陈妈察觉到包成麦穗形的这几个饺子，正色地说："大爷，您这是干什么呀？您过年吃香喷喷的饺子，怎么我们太太就不兴吃几个顺口的饺子呢？""唔，我放错了，"大爷连忙赔笑，"我要试试二奶奶到底是真回回还是假回回。"陈妈乘势说："过年图个吉利，我们太太可是一直尊敬您这个大伯子。怎么专挑老实人欺负啊？您闹着玩可得看准人啊！"说得大爷哑口无言，这场闹剧也随之夭折。

我的外祖父原为当地有些名气的中医，不幸早逝。死后不到几年，他的辛勤积蓄被人几经盘剥欺骗，竟荡然无存，姥姥带着我母亲和舅舅度日维艰。后来，母亲嫁到我家，舅舅则在一家公司做普通职员。两家门第的差异，竟然成为某些人摇唇鼓舌的资料。母亲背着个黑锅：没准往她娘家倒腾多少金银财宝呢？

妈妈度日，虽称不上锦衣玉食，却也闲适优裕，只是精神抑郁苦闷。舅舅偶尔前来探望，是她难得的高兴时刻。这时，陈妈跑前跑后，沏茶倒水，拿出好吃的水果点心，热情招待，就像自己的弟弟来了一样。妈妈喃喃地诉起家务事和平时的磕磕碰碰，常低咽落泪。这时，陈妈赶紧拿来手绢给她擦泪，劝慰她说："舅爷来了，应该说些高兴的事。养了这几个大儿子，谁不说是耿家的大功臣。谁比得了？过几年，孩子大了，就有盼头了。"母亲看她说到自己的心坎上，也就破涕为笑。陈妈又转向舅舅："舅爷放心，有个大事小情，有我挡着呢！"舅舅年轻，憨厚地说："陈妈真是个好人。"

可怜的妈妈恪守"三从四德"的古训，循规蹈矩，不敢越雷池一步，哪里懂得私下里接济娘家？倒是陈妈从中做主，间或给舅家一点儿帮助。

舅舅看望母亲，先是拜见家中尊长和主要人物，然后再到姐姐房中说些贴己的话，吃罢晚饭就该告辞。这时，陈妈把早已准备好的旧衣物用包袱包好，趁黑先行溜出大门，深一脚浅一脚地到胡同口等着舅舅，叮嘱再三，让他带走。

有一天，东屋妈出门去了，她房里的王妈，那个长着高颧骨的女人，倚着母亲的房门，嘘声嘘气地对陈妈说："我们太太说了，你们太太就会生孩子，不会养孩子，更甭提教育，你看把孩子打扮得哪像个大人家的孩子，多土气！"这话正巧被在屋里看小说的妈妈听见，倒在床上呜呜地哭起来。陈妈一眼看见，连忙摆手把王妈打发走，赶紧抚慰母亲。

"太太，是我的不是。"她歉疚地说，"是我的不对，我不该听她说这些话，请您原谅我。"

片刻之后，妈妈坐起来："陈妈，你是我的帮手，我怎么会怨你？我就怨我自己无能，让人家瞧不起。"

"大家庭人多嘴杂，谁爱说什么由他说去，您可千万不能往心里去。"陈妈又安慰说。

"我不生气，我只是憋得慌。"

"您穿上丝绒旗袍，谁不夸赞您雍容华贵呀！您还是保重自己身体要紧。"说着她又坐在母亲身旁，用双手按摩母亲的两个太阳穴，免得她又头疼。

伯父的性情乖戾，但小时候，他对我有些偏爱，曾送给我一辆德国制造的小自行车，还曾教我们唱过京戏《甘露寺》。但无论如何，我没想到，我八岁那年家里发生的一场纠纷，竟是由我充当了导火线。

一天下午，放学回家没事，我在院子里游荡，信步跑到伯父房中去玩，看见伯父正用电炉煮蜜枣，满屋子飘散着甜蜜蜜的香气。我调皮地顺手拿起搪瓷锅的锅盖，像戴帽子似地戴在自己的脑袋上。突然，我听到大爷暴跳如雷地大叫："混蛋，连你也小看我！"说着举起手就朝我打来，我一闪，连忙把锅盖扔到桌子上，就冲向院子，大爷随即也追到院子里。

我窜进爷爷奶奶的房子，边跑边叫："大爷打我！大爷打我了！"奶奶上前阻拦大爷，"为什么打孩子？"大爷怒气冲冲："别管我！"

当我跑回房间扑向扎着围裙的陈妈时，我发现后面没有他的身影。陈妈立刻把我和哥哥弟弟拉在一起，准备向街上逃去。可是，当我们通过一道花墙，就要跑到街上时，猛一抬头却看见大爷手中提着一把斧子，站在眼前。陈妈红着脸，把我们挡在身后，厉声说："你们给大爷跪下！你们是小孩子！"扑通，我们哥仨齐刷刷地跪在地上："大爷饶命！我们不淘气了！"大爷愣了一下，放缓语气对陈妈说："你和二奶奶都是好人。我不跟孩子们算账。他爹呢？"说着又气冲冲地走了。

事后听说，大爷后来跑到前面的商号去找父亲，吓得副理和襄理们慌作一团，终因他是财东的哥哥而无可奈何。最后，他用斧子砸开会计的保险柜，取走数目可观的一笔巨款。父亲没有听从别人的劝说去报案，而是采取"别居"的方法，不回家，以示抗议。而我们哥仁则由陈妈陪同，住了几个月东方饭店。只有母亲留守在家。

数月后，爷爷奶奶联袂去接父亲，在饭店里吃了一顿团圆饭，是奶奶的眼泪请回了父亲。回家的第二天清晨，父亲在院子里碰见了伯父。父亲用低沉的声音说："哥哥，早啊！""啊，你回来了！"两人眼里都含着泪。

"望穿秋水，不见伊人的倩影，更残漏尽，孤雁两三声；往日的恩情，只换得眼前的凄清，梦魂无所寄，空有泪满襟……"这是妈妈最喜欢的《秋水伊人》中的歌词。妈妈吟唱着它，伴着自己寂寞的灵魂。如泣如诉的幽怨情调和凄婉的音韵，都恰似她自己命运的写照。陈妈知道，她总是在伤心的时候唱这首歌。陈妈看到她眼角挂着泪，一副凄然的样子，便搭讪地说："太太唱着唱着又哭起来了，这是何苦呢？"

"你没看见东屋的又跟他爹成双人对地出去了吗？平常有人陪过我买东西吗？到外面扯布、裁衣裳都是我一个人的事。"母亲凄凉地说。

"她玩也好，乐也好，掌权也罢，您总是大太太，总是正宗，管它今天下雨，明天刮风呢?"

"陈妈，你看我近来面黄肌瘦，老咳嗽，准是有病，谁关心过呀!"

陈妈心疼地说："我去说去! 您自己也要保养好身体，不然，孩子们咋办?"

果然，经陈妈的疏通，过了几天，父亲就领着母亲坐汽车去了一家有名的私人医院给她治病。两个人在饭店吃过饭，又特地到照相馆照了一张具有经典意义的照片：母亲穿着紫红色的丝绒旗袍，端庄秀丽地坐在高背椅子上，父亲穿着笔挺的西服，戴着玳瑁黑边眼镜，侧身站在母亲的身旁。这张合影，是多年来少有的一次，弥足珍贵。

那时，家里吃饭，早餐和午餐各房自便，晚间全家人共聚于大圆桌周围，共进晚餐（当然，不乏缺席者）。小孩子则另备小饭桌，由陈妈照料。不记得为什么，有一次我居然上了大桌。饭桌旁都是大人，而且吃饭的规矩颇多，什么"食不言，寝不语"，拿勺持筷，都有一定模式，吃饭不准吧嗒嘴，喝汤不准出声等等，不一而足。

我局促不安，拘拘谨谨，这顿饭没有吃好。我心里想，这样的饭菜，陈妈能吃得着吗? 于是，我就动脑筋，乘大人们觥筹交错之际，偷偷往自己碗里夹菜，什么松花蛋、海参、炸丸子，都用米饭埋在碗底，而表面上我却佯装着慢慢地吃饭。道一声"偏饭，我吃完了"之后，我便悄然离座，拿着饭碗去找陈妈。

这时，陈妈正躺在母亲屋子后面新盖的房子的炕上。屋里没有开灯，昏暗吞噬了整个房间。她躺在炕的一角，正轻声地打呼噜睡觉。"陈妈，我给你带来好吃的了，来，尝尝，都是你最爱吃的。"我懵头懵脑地冲到她面前。

"唉，你不吃饭，到这来干什么？"陈妈无力地说道。

"你吃啊！"我把碗筷放到她嘴边。

"我不想吃了，谢谢你啊！"

我一摸她的额头，有些烫手。

"是不是发烧了？陈妈！"

当母亲拿着药给陈妈送来时，她又沉沉地睡着了。陈妈病了，我们都无精打采。第二天放学，我们第一件事就是去看陈妈。我们悄悄地走近她，她正躺着闭目休息。

"陈妈，陈妈，好点了吗？"

陈妈侧过头小声说："回来了？"

"好点了吗？"我们又急着问。

"好点了。经理和太太找大夫给我打针，又吃药，好多了。"看见我身上蹭的泥土，她抬身要给我掸去。

"不用，不用，一会儿我自己扫。""陈妈，你腿又疼了。我们给你捶腿。"说着，我和弟弟就给她捶起腿来。

捶了几下，她阻止说："别捶了，挺累的。""不行，还没捶三百下呢。一、二、三……"

"行了，快做功课去吧，考不好，又该挨打了。"

"再捶一百下。一、二、三……"

陈妈是我们生命的一部分。我说过，她是我的第二个母亲。这对我们是心照不宣的事。

有一天夜里，我梦见我考中了状元，穿着朝服，头戴插着喜庆簪花的乌纱帽，骑着高头骏马，走在前头。后面是两抬大轿，坐在前面轿里的是我母亲，第二抬轿里端坐着陈妈。俩人都戴着凤冠霞帔，春风满面。我把这个梦讲给陈妈听，她含泪不语，只是轻声说："你们用功读书，将来有出息就行了。"

大概是一个隆冬的日子，放学回家，喊了一圈陈妈，都不见踪影，满院子空荡荡的。别人说：陈妈走了。走了？就这样走了？急得我们团团转，真是叫天天不应，叫地地不灵。问母亲，母亲也无奈地回答："她回老家去看望女儿了。"

"为什么不让我们知道？"

"怕你们连哭连喊地闹腾。"

"走，找爹去！准是爹叫她离开咱们家，而告诉咱们是看女儿去了。"倒底是哥哥大两岁，主意多一点。但是，爹是好找的吗？那威严的目光，那一巴掌打在身上火辣辣的滋味，早已刻骨铭心。找爹，不是自讨苦吃吗？但是，我们终于找到了父亲，在院子里。

看见我们泪痕满面，他开始有些诧异，接着略带笑意地问我们："你们怎么了？"

我们仨畏缩地跪在地上，声音颤抖地质问父亲："为什么让陈妈走？我们怎么办？"

看见我们萌芽状态的反抗意识，父亲笑了："陈妈几年都没请假回家了，她也想自己的女儿，不该让她回家看看啊？"

看我们不吱声，他又接着说："今天上午已经派人送陈妈上火车了，还带着你妈送她家人的礼物呢。你们从小离不开陈妈，她是咱们家的功臣。怎么会让她走呢？岂有此理。"

就这样，过了两个月，陈妈又回到了我们身旁。要说这两个月怎么过来的，谁也说不清楚。反正，拌豆腐，谁也没陈妈拌得好吃；大马哈鱼，谁也没陈妈做得有滋味。看不见她的身影，听不见她的声音，心里就感到干瘪。总是想，她在干什么呢？是喂鸡，还是正烧火做饭？一想这些心里就发酸。

陈妈回来了，我们也过上正常的日子。她从北平给爷爷奶奶带来小米和枣；给妈妈带来由白塔寺庙会买来的鞋面：银白色的缎子上绣着两条金凤凰。给我们的礼物是每人一个京剧脸谱，一个是大花脸，一个是须生，一个是小生。活灵活现的，我们挂在墙上，颇兴奋了一阵子。

1943 年春节过后，妈妈和陈妈领着我们到了北平。此前，父亲为了寻找商业机会，已先期到达北平，随后东屋妈和西屋姨也到了

陈
妈

北平。一大家子人，住在西城的一个四合院里。虽说是独门独院，但比起东北老家局促得多。东屋妈住在西跨院，西屋姨住在西厢房，而给我母亲留下的是东跨院。表面上，以东为尊，实际上，东跨院的房子最少，只有一间房子，外加一个狭长的庑廊。除了母亲和妹妹们居住此屋，我们哥仨晚上还得在客厅里搭板铺睡觉，陈妈只能在庑廊里另搭一个床铺。

这时，父亲的经济状况已呈颓势，家中的开支用度自然有些收缩。三房鼎立，政出多门，家庭生活免不了产生一些龃龉。在这种环境下，陈妈的处境日见困难。

多年来已成惯例，为了通便，避免便秘，父亲要求我们每隔一两个月服用一次蓖麻油，所以蓖麻油成了我们这房的必备药。喝蓖麻油，对我们是一次小灾难，是个谈虎变色的事儿。蓖麻油有股难闻的气味，喝进嘴里，立刻会引起难耐的恶心。因而，每次喝蓖麻油，总得由大人捏着鼻子，才能灌下。又该喝蓖麻油了，那大瓶子的蓖麻油，前些日子被西屋姨借去，陈妈当然去索要。不承想，碰了个钉子。

"都是家里的东西，怎么我用不得？"西屋姨杏目圆睁，气不打一处来。

"西屋太太，孩子们急着要吃蓖麻油，不然，我不会来要的。"陈妈满脸赔笑。

陈妈一边赔不是，一边悻悻而退。她碰了一鼻子灰，窝了一肚子火，还不敢如实向妈妈述说。怕说了以后，又给妈妈增添烦恼。凭着陈妈的年龄和她在我家的资历，无端受到这般奚落抢白，内心的隐痛可想而知。

徙居北平以后，陈妈的女儿有机会来看望陈妈。她的家住在北平西郊的乡村，丈夫是个好把式，农忙时下地种田，农闲时干点木匠活，一家倒也勉强糊口。她来过两三次，每次都带着她的女儿小秀。小秀比哥哥大一岁，浓眉大眼，见生人怯生生的，质朴中透出几分聪颖。她们的来，总是给妈妈带来欢悦，她把她们看做是自己的娘家人。手头紧，就悄悄地到街口的首饰楼卖一个几钱重的金戒指，然后领她们逛白塔寺庙会，到绸布店扯布，给小秀买鞋，进小饭馆吃饭，说长道短，有说有笑。

妈妈笑吟吟地对陈妈的女儿说："小秀挺懂事，也挺能干，给我们老大当媳妇吧。"

"她哪有这福分哪！"陈妈的女儿迟疑地说。

陈妈则默然不语。

然而，陈妈走了，陈妈真地走了。我知道这个消息的时候，犹如晴天霹雳，顿感天昏地暗，好像一座大厦塌落下来，似乎人人都在讪笑我，每一样东西都摆得不是地方，甚至天上的星星也排错了位置。我的陈妈，为什么走？不是说好，在我家养老，我们长大孝敬你吗？不是说好，长大挣钱，有一口饭，先给你吃吗？你为什么无声无息地走了？没有跟我们说一句告别的话，没有给我们留下一句叮嘱？

陈妈的走，对于母亲来说，既感意外，也在意料之中。因为家道衰落，经济日绌，也无力按时支付佣人的工钱了。再加上眷室纷争，陈妈已很难有存身之地。从这个意义上说，陈妈离开这个日益凋零、纷攘不断的家，势成必然；对于母亲也许会心安理得，因为，她不愿意对不起陈妈，不愿看到已见老态的陈妈跟我们受罪。

这天清晨，陈妈早早地起床，梳洗得利利整整，照例把母亲的屋子拭抹一遍，把小跨院的地也扫得干干净净，把洗好的衣服叠起来，放在柜子里。然后，面对垂泪的母亲："我走后，您只是照管孩子，别的什么都不要管。我就是不放心您啊。"

听说父亲上午要出门，陈妈赶忙跑到正房的客厅，向父亲辞行。父亲对陈妈动情地说："老陈，今天你要走啊？"

陈妈眼里噙着泪，幽幽地说："经理，我要走了。我在您家十几年，你对我的恩义，我一辈子都不能忘。这些年有什么差错，请您多包涵吧。我不会说别的，我给您磕个头。"说着就要弯腿下跪。

"这是干什么？不行。这不是折我的寿吗？"父亲立刻扶着她的双臂，把她搀起来。

"你是老耿家的功臣。你在我们家已留下根基，就是这几个孩子。应该感谢你才对。孩子们都有良心，长大了不会忘记你的。孩子就是你永远的纪念。"

这时陈妈欠着身，坐在沙发上，用手抹着眼泪，一字一句地说："临走了，说句冒失话，我最不放心的就是太太。她心好，老实，您应该善待她。"

"哈哈哈，这你放心吧。"父亲略有几分感触地说，"噢，一会儿派一个伙计雇辆马车，送你出西直门回女儿家。"

我们失去了那张微黄的面孔，失去了那双殷切的目光，失去了那副稳重而疲惫的身影。从此，陈妈成了我家的历史名词，成了我们心中的一座浮雕。

一年后的暮春时节。下午。和煦的阳光透过路边的老槐树洒落到小巷，人们的身上暖烘烘的。行人很少，寂寞的胡同显得有些空旷。这是一天里最枯燥、最无声色的一段时光。哥哥刚从学校赛完足球，穿着一身中学的校服，梳着个小分头，脚上穿着回力球鞋，正走在回家的路上。忽然，听到既熟悉又陌生的声音，有人呼叫他的名字。他回头，先是惊愕了一下，继而哗地掉下眼泪："陈妈！"跑过去抱住了她。

"您怎么在这儿？"随后瞥见陈妈身后写着"忠厚传家久，诗书继世长"对联的宅门，他明白了。陈妈把哥哥拉到槐树底下，端详着他，不禁掩面抽泣。

"你妈和你们都好吗？你二弟该上中学了吧？老三还那么机灵啊？你的两个妹妹怎么样了？你爹的事，还行吗？"她一口气把几乎所有的人都问了一遍。哥哥简要地回答了之后说："您放心吧，都好。我们就是想您。"他看见陈妈眼睛里滚动着泪，就收住了话茬儿。

陈
妈

"我做梦也想你们。"说着，她一边用衣襟擦泪，一边从蓝布短褂里掏出一个白手绢，里面包着一沓钱，对哥哥说："这是我攒的两个月工钱。你拿回去交给你妈。你们零花吧！"

"不，不，这怎么行！您留着自己花吧。我要了，妈妈该说我了。"哥哥连忙摆手，向后退了几步。

"这孩子怎么不听话！这是我的钱，你应该拿着！"说着便把手绢包硬塞进哥哥上衣口袋里，顺手下意识地拂去哥哥身上的尘土。

夕阳斜照着，懒洋洋地。空巷无人，相对无言，俩人静静地沐浴在春风吹拂之中。

几十年过去了，由于某种原因，我们再也没见过陈妈，这是我们终生的遗憾。然而，我有一张她的照片，她和母亲在一起的照片。两人都坐在照相馆的椅子上，妈妈的怀里抱着稚气的大妹。这张照片可以勾起我们的丝丝回忆。

如今，这两位母亲都已移居天国。也许，她们坐着那两抬大轿，在天府徜徉，时而，俯视着我们。然而，我却走在地上，没有高头骏马——因为我是一个普通人，一个普通的善良正直的人，正像她们生前所期许的那样。

陈妈留给我们的是善良、正直和勤劳——一个平常人的生活准则。但人生有什么比这更贵重呢？

（原载《北京文学·精彩阅读》2008 年第 7 期）

雪泥鸿爪

——我们的歌

这是一部由影像、文字和音符组成的人生，一部以绿色为基调的人生，一部新陈代谢的人生，一部喧嚣和空灵交织的人生，一部你、我皆在其中的人生。

这是一条生命繁衍的路，一条崎岖而坦阔的路，一条苦乐悲欢砌筑的路，一条由血脉同盟——三个男孩和三个女孩共同踢打出来的路。

人到白首，自然地要回到记忆的峡谷，自然地要返璞归真，自然地要踏着秋天的落叶，叩问自己曾经走过的路。

也许，这只是一本普通的家庭影集，或是平平常常的瞬间写真。然而，对于这六个人的组合以及由此而繁衍的耿氏家族，却是一部真切的历史，一幅幅并未经意刻画的生态素描。

翻开它，展读它，让我们重温垂髫的童真，少时的蓄志，青春

皤然白发，手足相聚——2011 年，摄于沈阳。
按年龄序列，从左至右，依次为：大哥，二哥（作者），
三哥，大妹，二妹，小妹。

的奋进，中年的疲惫，老境的康馨，一如春风秋雨，飘飘洒洒，滴入你我的情怀。

（《迤逦人生——耿家老照片撷珍》序）

2010 年 8 月

卷末絮语

秋叶飘零，霜色愈浓。皓首回眸前尘，人们往往会以恬淡的心态，咀嚼和反刍昔日的朝朝暮暮，无论甘辛酸楚，都在记忆的滤洗中注以淡定和理性的诠释。这也许就是老年人的心理特质。

我们少时生长在一个家庭结构多元且失衡的环境，目睹并感受了旧时代家庭的种种弊端和不幸。但贫瘠的土地生长出来的并不都是莠草。我们在人生跋涉的漫漫旅途中，也许多了一点磨砺，从而使我们立身涉世的步履更为郑重而严谨，摆脱窠臼，锐意进取，践行新时代的韵律，恪守理想的人生准则。我们走了一条和我们的先辈完全不同的道路。这是时代的赐予，也是我们的庆幸。

这本小书，呈献给读者的是一帧帧沉郁的人生写真，还有作者沉积于心的几十年苦乐兼具的情愫。

孤灯静夜，伴着我的笔在纸上倾诉；淙淙泪水，在我回溯的意境中悄然涌眶。

写出来，说出来，这是我的人生使命。我的眼疾给我的写作增加了很大的困难，但我从中得到了丰裕的精神慰藉。

我希望，此书能引起曾涉足旧时代的老年朋友的共鸣和感应；对当代的青年读者认识历史中的旧中国也有所裨益。我们还寄语我们的后代，懂得和理解我们这一代人的生命历程，并且营造自己积极而有价值的人生。

作者

2012 年 12 月